Teckys Abenteuer mit Sibylle
Gudrun Leyendecker

AF284895

Inhaltsangabe:

Das Jugendbuch Teckys Abenteuer mit Sibylle
ist der 1. Band dieser Reihe.

In Baden-Württemberg, in einer Höhe von 773
Metern, liegt die mittelalterliche Ruine der
Burg Teck. Die 12-jährige Teresa Kaminski,
genannt Tecky, zieht mit ihren Eltern in die
Nähe von Kirchheim, einem kleinen
idyllischen Ort unterhalb der Burg. Als sie von
der sagenhaften Sibylle erfährt, die einmal in
einer Höhle gehaust haben soll, beginnt sie
ihre Recherchen und gerät in ein Abenteuer.
Kann ihr der neue Freund Giorgio helfen?

Biografische Information der deutschen
Nationalbibliothek: Die Deutsche
Nationalbibliothek verzeichnet diese Publikation
in der Deutschen Nationalbibliografie;
detaillierte bibliografische Daten sind im
Internet über http://dnb.dnb.de abrufbar.
Herstellung und Verlag: BoD – Books on
Demand, Norderstedt. ISBN: 9 783 754 373 651

Teckys Abenteuer mit Sibylle

Gudrun Leyendecker

Roman

Band 1

„Es war einmal", so könnte diese Geschichte auch beginnen, denn sie führte Tecky in vergangene Zeiten zurück. Aber da mich das 12-jährige Mädchen erst vor kurzer Zeit bat, ihre Erlebnisse des vergangenen Jahres aufzuschreiben, beginnt diese Geschichte mit einem kräftigen Gewitter, das sich im letzten Sommer über Baden-Württemberg ausbreitete.

Der Umzugswagen stand noch vor dem Haus, immerhin, die letzten Kisten waren trocken ins Haus gelangt.

„Was machst du denn noch so lange da draußen, Tecky?" rief die Mutter aus dem Küchenfenster. „Es fängt gleich an zu regnen. Hast du denn nicht gehört, dass der Donner schon ganz nah ist?!"

„Ich habe nur gerade nachgeguckt, wie die Familie heißt, die da neben uns wohnt. Sie haben mehrere Kinder, das sieht man an den vielen unterschiedlichen Fahrrädern."

Munter hüpfte sie zur Terrassentür, die noch weit offen stand, seit man das Klavier dort hineingetragen hatte.

Sie schlängelte sich zwischen den Kartons durch und schlüpfte in die Küche.

„Was hast du eben gesagt?" fragte die Mutter. „Die Familie von nebenan interessiert dich?"

„Natürlich. Bisher lebte im Nachbarhaus auch meine beste Freundin, die Klara. Und ich wäre ganz bestimmt nicht mit euch hier in diesen Ort gezogen, wenn sie nicht gerade mit ihren Eltern nach Hamburg gegangen wäre."

Frau Kaminski schenkte ihrer Tochter einen zweifelnden Blick. „So? Dann wärst du wohl in Esslingen geblieben. Das war ja auch eine sehr schöne Stadt. Aber wo hättest du denn dann wohnen wollen?"

„Natürlich bei Klara. Wir waren fast wie Schwestern und kennen uns schon seit dem Kindergarten. Ich vermisse sie jetzt schon. Übrigens, die Leute von nebenan heißen Bianchi, das habe ich auf dem Namensschild gelesen."

„Das klingt italienisch", meinte die Mutter. „Hast du auch jemanden gesehen?"

Tecky schüttelte den Kopf. „Nein, der Garten ist menschenleer, und im Haus ist es auch ganz still. Es sieht aus wie eine verwunschene Villa. Warum hast du mich jetzt schon hereingerufen? Es regnet doch nur ein paar Tropfen. Und das Gewitter ist auch noch nicht über uns."

„Du bist wirklich ein merkwürdiges Mädchen", stellte Frau Kaminski fest. „Die meisten Kinder haben Angst, wenn es so poltert, wie gerade jetzt. Als kleines Kind bist du immer zu mir ins Bett gekrochen, wenn es nur in der Ferne ein bisschen grummelte."

Teckys Augen blitzten. „Das liegt an Klara. Wir haben uns alle Ängste abgewöhnt. Mit den Spinnen haben wir angefangen. Dann haben wir uns in der alten Scheune mit Mäusen angefreundet, und irgendwann kam uns einmal die Idee, das Gewitter als Himmelsfeuerwerk zu betrachten. Klara würde dazu sagen, der Himmel begrüßt uns nun mit einem Spektakel, und er freut sich, weil wir jetzt hier eingezogen sind."

Die Mutter stöhnte. „Klara! Klara! Jedes zweite Wort von dir ist nur „Klara". Sie hat einfach zu viel Fantasie gehabt, das Mädchen. Aber das hat sie wohl von ihrer Oma geerbt, die ihr ständig Märchen erzählt hat."

„Das war eine Superoma", fand Tecky. „Sie hat nicht nur die ganzen Grimms Märchen auswendig gekannt, sie hat auch selber immer wieder neue erfunden. Ich glaube, deswegen hat auch Klara in der Schule immer gern Aufsätze geschrieben. Es ist richtig gemein, dass wir jetzt so weit voneinander getrennt sind. Wer weiß, ob es hier überhaupt so nette Mädchen gibt!"

„Vielleicht musst du dich da gar nicht so weit umsehen. Möglicherweise haben die Bianchis auch eine Tochter, wenn so viele Kinderfahrräder dort stehen. Vielleicht erfährst du das schon morgen, wenn du deine neue Schule besuchst."

Tecky stöhnte. „Oh nein! Das auch noch. Morgen ist schon wieder Schule, und ich habe noch nicht mal mein Zimmer fertig eingeräumt."

„Lass dir Zeit damit!" schlug die Mutter vor. „Hier werden wir jetzt erst einmal wohnen bleiben."

***

Am anderen Morgen stand Tecky auf dem Schulhof, ganz nah am Zaun und hörte auf die Geräusche der vielen fremden Kinder ringsumher. Es sah nicht danach aus, als könnte man hier Freunde finden, niemand kümmerte sich um sie.

Während ihre Gedanken zu Klara spazierten, rief jemand laut ihren Namen. Diese Stimme kannte sie, abrupt drehte sie sich um und schaute in die Richtung, aus der die Rufe kamen. Sie entdeckte ihre Mutter hinter dem Zaun, die ein buntes Mäppchen in die Luft hielt.

„Tecky! Du hast dein Federmäppchen zu Hause vergessen. Hier!" Die Mutter wedelte mit dem Gegenstand in der Luft. „Das brauchst du doch gleich in der Schule!"

Zwei Mädchen in Teckys Alter sahen neugierig herüber und begannen zu lachen. Die Rothaarige äffte die Stimme der Mutter nach. „Tecky! Tecky!"

Mehrere umstehende Kinder begannen zu lachen.

Die Schwarzhaarige sah interessiert herüber. „Was ist denn das überhaupt für ein Name? Tecky! Ist die vielleicht die Fürstin von Teck und wohnt als Schlossgeist in der Burg?"

Einige Kinder kamen herbei und lachten ebenfalls.

Frau Kaminski näherte sich dem Zaun und schob das Federmäppchen durch eine Lücke. Eilig nahm es Tecky in Empfang. Sie bedachte die Mutter mit einem bösen Blick. „Deswegen hättest du nicht hierher kommen müssen! Schau doch nur, was du für einen Wirbel hier verursachst! Ich wäre heute auch einmal ohne ausgekommen."

Die junge Frau sah ihre Tochter erstaunt an. „Aber Tecky! Was ist denn bloß los mit dir?! Danke könntest du mir schon sagen. Ich habe extra alles stehen und liegen lassen und bin auf dem schnellsten Weg zu dir gekommen."

„Deswegen musst du doch nicht allen sagen, wie ich genannt werde!" schimpfte das Mädchen.

Frau Kaminski staunte. „Aber so wirst du doch schon immer genannt. Alle deine Freunde nennen dich so. Und wenn du hier neue findest, werden sie dich auch so nennen. Oder bestehst du seit heute auf „Teresa"?"

„Du hörst doch, wie sie darauf reagieren. Warum sind wir bloß hierher gezogen. Diese blöde Burg! Warum hat sie auch ausgerechnet meinen Namen?!"

Die Mutter lächelte. „Ich glaube, die Burg hieß schon lange vor dir so. Damit hat sie wohl mehr Anspruch auf diesen Namen. Und ich glaube nicht, dass sie dir das in irgendeiner Weise übel nimmt. Immerhin wurde sie schon um 1100 erbaut, und damit ist sie schon ein paar Jahre älter als du."

„Es ist ja auch jetzt egal", antwortete Tecky verärgert. „Es ist besser, wenn du jetzt nach Hause gehst! Siehst du nicht, wie die anderen hier herüber sehen? Das muss ich doch jetzt alles ausbaden."

Frau Kaminski griff nach der Hand ihrer Tochter. „Sei nicht böse! Du hast nur gerade einmal dafür gesorgt, dass sie etwas zu lachen hatten. Das wird auch vorübergehen. Sie werden sich schon an deinen Namen gewöhnen. Hast du mir nicht noch gestern erzählt, dass ihr beide, du und Klara gegen alle Ängste gearbeitet habt? Vielleicht hast du nur ein bisschen Sorge wegen des ersten Schultags und machst dir ein paar Gedanken, wie deine Mitschüler dich hier aufnehmen. Ihr werdet euch schon alle aneinander gewöhnen. Das hast du doch bisher immer geschafft. Mit der Zeit hast du dich immer noch durchgesetzt. Kannst du dich noch daran erinnern, als du das erste Mal im Seniorenheim allein gesungen hast? Was hattest du da für ein Lampenfieber! Du wolltest weglaufen, erinnerst du dich? Aber als sie dann alle applaudiert haben und ihnen die Tränen der Rührung in den Augen standen, da hast du dich gefreut und wusstest, was du schaffen kannst!"

Tecky seufzte. „Das ist schon so lange her, das habe ich fast vergessen. Da war ich auch noch sehr klein."

Die Glocke schellte und rief die Kinder zum Eintreten in das Schulgebäude.

„Bis nachher!" rief Frau Kaminski ihrer davoneilenden Tochter hinterher. „Viel Glück!"

Tecky drehte sich nicht mehr um, sondern lief schnurstracks durch das große Tor, mischte sich in den Strom der großen und kleinen Schüler und suchte ihr Klassenzimmer auf.

***

Gleich in der ersten Stunde lernte Tecky ihre Klassenlehrerin, Frau Biermann kennen. Die ältere Frau schien bei den Mitschülern sehr beliebt zu sein und verstand es offensichtlich, mit den Kindern einen guten Kontakt zu halten.

Sie begrüßte die Schulklasse heiter und stellte die neue Schülerin vor. „Das ist Teresa Kaminski", teilte sie den Anwesenden vergnügt lächelnd mit. „Und da ich euch ein paar Minuten vom normalen Unterricht stehlen will, was euch sicherlich nicht sonderlich leid tut, dürft ihr euch alle einmal selbst mit Namen vorstellen. Eine Biografie ist nicht unbedingt notwendig, sonst bleibt uns nämlich keine Zeit mehr für den Unterricht übrig."

Die Schüler standen einzeln auf und präsentierten sich mit Vor- und Nachnamen. Tecky achtete auf den Klang ihrer Stimme und stellte fest, dass die Rothaarige, die sich auf dem Schulhof über ihren Namen amüsiert hatte, Anna Keim hieß und neben einem Jungen mit dem Namen Niklas Becker saß. Ein paar Plätze weiter hinten stellte sich auch die Schwarzhaarige mit einem überheblichen Ton in der Stimme vor. Sie hieß Cora Wiese und saß neben einem blonden Jungen mit dem Namen Oliver Borchert.

Am Ausdruck ihrer Gesichter sah Tecky, dass sich diese vier Mitschüler wenig erfreut zeigten, sie als Neue in ihrem Kreis zu sehen, geschweige denn Anstalten machten, sie aufzunehmen.

Nachdem alle vierundzwanzig Schüler ihren Namen genannt hatten, wandte sich Frau Biermann noch einmal an Tecky. „Es ist hier wie überall. Du wirst es nicht viel anders finden, als in der Schule, in der du bisher zum Unterricht gegangen bist. Hier gibt es faule und fleißige Mitschüler, sicher auch ein paar, mit denen du dich nicht anfreunden möchtest, aber vielleicht gibt es hier auch jemanden, der dir sympathisch ist. Lass dir Zeit zum Eingewöhnen! Du bist herzlich willkommen!"

Sie wandte sich von Tecky ab und ließ ihren Blick schweifen. „Und jetzt wenden wir uns dem Thema der heutigen Stunde zu. Nehmt bitte eure Bücher heraus und sucht die Seite mit der Nummer 42. Dort findet ihr das Gedicht von Eugen Roth mit dem Namen:

„Der kleine Unterschied. Cora, kannst du es bitte einmal vorlesen?"

Die Schüler kramten in ihren Taschen, holten geräuschvoll die Bücher heraus, blätterten darin herum, und das schwarzhaarige Mädchen erhob sich endlich und begann laut vorzulesen:

„Ein Mensch, dem Unrecht offenbar
gescheh'n von einem andern war,
prüft, ohne eitlen Eigenwahn:
Was hätt' in dem Fall ich getan?
Wobei er feststellt, wenn's auch peinlich:
Genau dasselbe, höchstwahrscheinlich.
Der ganze Unterschied liegt nur
in unsrer menschlichen Natur,
die sich beim Unrecht-Leiden rührt,
doch Unrecht-Tun fast gar nicht spürt."

Einige Schüler lachten, mehrere tuschelten und Anna gähnte.

Frau Biermann ergriff das Wort. „Und jetzt hätte ich gerne von euch einige Beispiele aus dem eigenen Leben. Vielleicht weiß jemand eine Geschichte, die in seiner Umgebung passiert ist. Es geht um ein Unrecht, das jemand erleiden musste, während der Täter so absolut kein Mitleid spürte. Und wenn ihr nichts aus eurem eigenen Leben wisst, dann könnt ihr auch gern etwas aus der Geschichte heraussuchen!"

Einige Augenblicke blieb es ganz still in der Klasse. Dann meldete sich Cora zu Wort, und Tecky sah das Mädchen erwartungsvoll an.

Frau Biermann forderte die Schülerin zum S p r e c h e n auf, und d i e h ü b s c h e Schwarzhaarige erhob sich. Ihr Unterton war spöttisch: „Wir haben doch hier unterhalb der Burg Teck das beste Beispiel. Jeder von uns kennt die Sage der Sibylle, die in der Höhle aus Kalkstein gehaust haben soll, im Sibyllenloch. Oder kennt die etwa jemand nicht?"

Alle Augen richteten sich auf Tecky, und die L e h r e r i n b l i c k t e d a s M ä d c h e n erwartungsvoll an. „Du bist gestern erst hierher gezogen, Teresa. Hast du schon einmal etwas von der Sibyllensage gehört?"

Tecky schüttelte leicht den Kopf. „Nein, bisher noch nicht. Wir haben gestern erst den Umzugswagen ausgeräumt, und sind drinnen auch noch nicht fertig. Ich weiß noch nichts über diese Gegend und habe auch von dieser Sage noch nichts gehört."

„Dann fahre bitte fort mit deinen Erklärungen!" wendete sich die Lehrerin an Cora.

Das schwarzhaarige Mädchen grinste. „Diese Sibylle soll allen Menschen etwas Gutes getan haben. Sie hat mit Geschenken nur so um sich geworfen. Das hat natürlich vielen Leuten gefallen. Aber so ist diese Welt ja nicht, und deshalb muss man wissen, wie die Sage weitergeht. Diese Dame, die auch hellsehen und weissagen konnte, hatte nämlich drei intelligente Söhne. Und die haben ganz schön dazwischen gefunkt." Sie sah Tecky herausfordernd an.

Als das Mädchen still blieb, fuhr sie triumphierend fort: „Die drei tollen Söhne haben sich ebenfalls Burgen gebaut. Eine auf dem Wielandstein, der andere auf der Diepoldsburg und der dritte auf dem Rauber. Und sie haben den Menschen erst einmal gezeigt, wer der Herr im Haus ist. Sie haben den Leuten nämlich alles wieder fortgenommen, und sie haben auch alles zerstört, was ihnen in die Hände kam. Das hat ihrer Mutter natürlich überhaupt nicht gefallen. Aber wir leben hier in einer Welt ohne Happy End, und deswegen ist die Alte auch eines Tages mit einem feurigen Wagen von hier abgehauen. Sie konnte das Wirken ihrer Söhne natürlich nicht ertragen und wollte daher nicht mehr in ihrer Nähe sein. So ist es eben in dieser Zeit. Das Stärkere siegt."

Frau Biermann hob die Augenbrauen. „Das ist also deine Meinung, Cora. Dann möchte ich euch alle jetzt bitten, eure Schulhefte herauszunehmen und eure Gedanken über dieses Thema aufzuschreiben. Da wir eine Doppelstunde haben, könnt ihr euch genügend Zeit dazu lassen."

Ein paar Kinder maulten leise, aber sie folgten der Aufforderung ihrer Klassenlehrerin.

Tecky überlegte. Was sollte sie schreiben? Was hatte sie erlebt? Gab es irgendetwas, das man mit dem Gedicht in Verbindung bringen konnte? Sie holte den Stift aus dem Federmäppchen und spielte damit.

Vielleicht musste sie gar nicht in die Ferne schweifen? Vielleicht hatte sie ihre Mutter eben auch ungerecht behandelt und mit ihr geschimpft, anstatt Danke zu sagen. Schließlich hatte sie es gut gemeint, als sie ihr bis in die Schule nachgelaufen war, um ihr den vergessenen Gegenstand nachzureichen. Aber in diesem Moment hatte sie, Tecky, nur an sich selbst gedacht. Sie wollte nicht zum Gespött ihrer Mitschüler werden, man sollte sie nicht auslachen. Aber warum hatten sie eigentlich gelacht? An dem Namen Tecky war doch eigentlich nichts auszusetzen. Es gab viel schlimmere Spitznamen, wie Mausi oder Baby oder Spatz. Vielleicht hatten Cora und Anna einfach nur irgendetwas gesucht, worüber sie sich lustig machen konnten. Vielleicht hätten sie sonst über ihre Schuhe oder ihre Haarfrisur gelacht. Cora hatte auch über diese Sibylle gelacht. Warum eigentlich? Sie hatte doch schließlich nur Gutes bewirkt und allen Menschen Freude gemacht. Sollten so nicht alle Menschen sein?

Stattdessen hatte die Mitschülerin den Eindruck erweckt, man müsse die drei Söhne bewundern, die sich der Mutter entgegengestellt hatten und Böses verbreiteten. Bewunderte Cora die Menschen, die rücksichtslos und egoistisch waren, die ohne Gewissen anderen schadeten?

Tecky seufzte. Was sollte sie nur schreiben? Vielleicht irgendeine Geschichte erfinden? Das hatte sie doch bei Klaras Großmutter gelernt. Aber bevor sie ihre Fantasie bemühte, fiel ihr dann doch noch eine wahre Geschichte ein. Sie erinnerte sich daran, wie sie mit ihrer Freundin vor mehreren Jahren öfter an den Haustüren der älteren Leute geklingelt hatten, um sie an die Tür zu locken, und wie diebisch sie sich gefreut hatten, als die Senioren dann jedes Mal im Garten nachschauten, wer da störte.

Sie vertiefte sich in den kleinen Aufsatz.

Später lernte sie noch andere Lehrkräfte kennen, einen Lehrer und eine Referendarin und gewann den Eindruck, dass sie im Laufe der Zeit mit ihnen schon klarkommen würde. Bei den beiden gab es noch keinen normalen Unterricht, denn auch sie waren neu in der Schule und beschränkten die ersten Stunden auf ein gegenseitiges Kennenlernen und ein Besprechen des Lernmaterials.

***

Beim Mittagessen entschuldigte sich Tecky. „Tut mir leid, Mama, dass ich dir heute Morgen nicht Danke gesagt habe! Ich wollte eben bei den Mitschülern einen guten Eindruck machen und habe mich geärgert, dass sie gelacht haben. Aber Cora und Anna sind wirklich ziemliche Zicken, und ich glaube, dass wir noch Ärger miteinander bekommen werden."

Frau Kaminski legte ihrer Tochter einen warmen Pfannkuchen auf den Teller. „Die isst du doch so gern. Eigentlich bin ich noch lange nicht fertig mit der Wohnung und habe keine Zeit. Aber wenn am Wochenende Papa kommt, wird er uns helfen können, dann kommen wir weiter."

„Die schmecken super", lobte Tecky ihre Mutter. „Wir haben noch keine Hausaufgaben auf. Da kann ich dir nachher noch etwas helfen. Gibt es etwas Bestimmtes?"

„Traust du dir zu, dich um die Blumen im Garten zu kümmern? Auf der Terrasse steht ein Karton mit den Pflanzen, die wir mitgenommen haben. Ich hätte sie gern so schnell wie möglich in dem kleinen Beet neben dem Haus, damit sie nicht eingehen. Es sind meine Lieblingsrosen."

„Hast du denn schon das Werkzeug ausgepackt, die Gartenschaufeln und die Gießkanne?" erkundigte sich Tecky.

„Steht alles schon im Garten", bemerkte die Mutter. „Und wie war es sonst in der Schule?"

Das Mädchen erzählte von Frau Biermann, von Coras großspurigem Auftreten, dem Gedicht, dem kleinen Aufsatz und den übrigen Lehrern.

Frau Kaminski atmete tief. „Das war dann ja ein erlebnisreicher Tag für dich. Es wird wohl eine Weile dauern, bis wir uns hier alle eingewöhnt haben. So ein Umzug ist immer ein einschneidendes Erlebnis."

Nach dem Essen half Tecky ihrer Mutter, das Geschirr in die Spülmaschine einzuräumen. Danach begab sie sich in den Garten, zog sich die Handschuhe an und grub Löcher in das Blumenbeet.

Eine Jungenstimme unterbrach die Stille. „Kann ich dir helfen?"

Das Mädchen sah hoch und entdeckte hinter dem Zaun im Nachbargarten einen dunkelhaarigen Jungen ihres Alters, der sie freundlich ansah.

„Das kann ich schon allein", antwortete sie.

„Das ist ja nur eine Kleinigkeit und kann

jedes Kind. Gehörst du zu der Familie von nebenan? Zu den Bianchis?"

Er nickte. „Ich bin Giorgio und 13 Jahre alt. Ich habe noch zwei Brüder, einen älteren, den Franco, der ist schon 16 und einen kleineren, den Carlo, der ist 6 Jahre alt."

„Hast du auch eine Schwester?" fragte Tecky voller Erwartung.

Er schüttelte leicht den Kopf. „Nein. Schwestern haben wir keine. Meine Mutter Maria ist die einzige Frau in unserer Familie. Und mein Vater ist Ingenieur und heißt Roberto."

„Dann seid ihr wohl Italiener?"

„Nicht ganz. Wir sind so ein bisschen gemischt. Mein Opa, der ist vor vielen Jahren hierher nach Deutschland gekommen und hat einen Eissalon aufgemacht. Er hat das beste Eis hier im Ort, aber mittlerweile hat er das Ganze an einen Neffen verkauft. Magst du gern Eis?"

„Ja, na klar! Am liebsten Himbeer- und Zitronen-Eis. Aber wie war das jetzt? Seid ihr nun Italiener oder nicht?"

„Mein Opa Gianni, der hat hier eine deutsche Frau geheiratet. Und dann haben sie hier Kinder bekommen. Auch meinen Vater Roberto. Aber wir haben natürlich noch viel Verwandtschaft in Italien. Und als mein Papa dann eines Tages zu einer Hochzeit bei Verwandten in die Toskana eingeladen wurde, da hat er meine Mutter Maria kennen gelernt und sie mit nach Deutschland geholt."

Tecky setzte eine Rose in das vorbereitete Loch und drückte die Erde rundherum fest.

„Kennst du auch Italien?"

„Ich war schon ein paar Mal dort. Es ist sehr schön dort, aber hier gefällt es mir auch. Hier bin ich schließlich geboren."

„Dann kennst du dich hier bestimmt aus", überlegte Tecky.

„Ja, ziemlich gut. Du bestimmt noch nicht, oder?"

„Nee, aber das muss ich wohl jetzt nachholen, wenn ich wirklich hierbleiben muss. Ich wollte nämlich gar nicht hierhin ziehen. Aber meine beste Freundin musste auch nach Hamburg, da wird man als Kind eben nicht gefragt."

„Ich bin ab und zu bei meinem Opa, der hat mir schon oft davon erzählt, wie schwer es für ihn war, als er damals seine Heimat verlassen hat. Da waren einige Leute hier überhaupt nicht nett zu ihm. Was möchtest du denn wissen? Willst du vielleicht die Burg sehen?"

„Die Burg? Die hat noch Zeit. Mich interessiert diese Sibylle und die Sage, die man sich erzählt."

„Davon habe ich von meiner Oma zuerst gehört. Sie ist hier im Ort geboren und kennt einfach alles in der Umgebung. Aber sie meinte, ich solle diese Geschichte nicht zu ernst nehmen. Eine Sage habe in den meisten Fällen nichts mit der Wirklichkeit zu tun."

„Ist sie vielleicht eine Wissenschaftlerin?" Giorgio schüttelte energisch den Kopf. „Oh nein! Sie ist jetzt Rentnerin, und früher hat sie in einer Bank gearbeitet. Mein Opa hat in einer Textilfabrik hier angefangen. Da hat er so lange gespart, bis er den Eissalon eröffnen konnte und dabei haben ihm einige Verwandte geholfen. Aber die sind alle wieder zurückgegangen nach Italien."

Tecky sah den Jungen bittend an. „Können wir denn auch mal in diese Höhle gehen?"

„Bestimmt. Nur nicht heute. Aber an einem anderen Tag bestimmt."

„Und warum nicht heute?"

„Ich muss gleich noch auf meinen kleinen Bruder aufpassen. Der ist nicht ganz so klug wie andere Kinder. Er hatte mal eine

Hirnhautentzündung, und deswegen ist er so eine Art Spätentwickler. Das sagt jedenfalls meine Mutter so. Wie heißt du eigentlich? Das hast du mir noch gar nicht verraten."

„Ach so! Ich heiße Teresa Kaminski. Aber meine Freunde nennen mich alle Tecky."

***

In diesem Augenblick zeigte sich an der Tür des Nachbarhauses eine Frauengestalt, die nach Giorgio rief.

Der Junge horchte auf. „Meine Mutter braucht mich, sie hat gleich noch einen Termin beim Arzt. Dann muss ich jetzt auf Carlo aufpassen. Sehen wir uns später noch?"

Das Mädchen überlegte. „Ich werde jetzt auch erst einmal meiner Mutter helfen. Es gibt noch viel, das in die Schränke eingeräumt werden muss. Da stehen noch etliche Kartons. Aber vielleicht später."

„Bis dann, Tecky!" rief er ihr im Fortgehen zu.

Frau Kaminski kam aus dem Haus und begutachtete die eingepflanzten Blumen. „Das sieht schon ganz gut aus. Hast du nicht eben mit jemandem gesprochen?"

„Ja. Ich habe einen von den drei Nachbarsjungen kennengelernt. Das ist Giorgio, der mittlere. Sein jüngerer Bruder ist krank. Er hatte mal eine Hirnhautentzündung."

Die Mutter zeigte ein bedenkliches Gesicht. „Das ist schlimm. Diese Krankheit kann tatsächlich das Hirn erheblich schädigen. Die Tochter einer Freundin von mir hat dadurch ihr ganzes Leben lang behindert leben müssen. Sie konnte keine normale Schule besuchen. Wenn man so etwas hört, ist man immer froh und dankbar, gesund zu sein. Ist das ein netter Junge, dieser Giorgio?"

„Ich glaube schon. Auf jeden Fall will er mir die Sibyllenhöhle zeigen. Darauf bin ich jetzt sehr neugierig. Sicher gehen wir in den nächsten Tagen einmal dorthin."

„Weiß er denn den Weg?"

„Ich glaube schon. Er hat eine Oma, die hier geboren ist, und die kennt hier wohl jeden Stein."

„Wenn wir am Samstag mit dem Ausräumen fertig werden, wollen wir am Sonntag mit dir einmal zur Burg Teck wandern, Papa und ich", versprach die Mutter. „Und außerdem gibt es auch noch mehrere Lehrpfade hier. Einer berichtet etwas über den Wald und das Holz, ein anderer über verschiedene Wasser, die hier anzutreffen sind. Das wird sicherlich interessant für dich."

Tecky hatte eine Idee. „Wir könnten Klara einladen, und sie könnte mich einmal hier besuchen. Mit ihr zusammen würde es mir schon gefallen."

„Das ist gar keine schlechte Idee", überlegte die Mutter. „Vielleicht in den Herbstferien.

Oder nach Weihnachten. Für ein Wochenende ist die Fahrt sicherlich zu weit. Von Hamburg bis hier nach Baden-Württemberg, da braucht man schon ein paar Stunden mit dem Zug."

Teckys Blick verriet Enttäuschung. „Was? So lange soll ich noch warten?! Wie soll ich das denn aushalten?!"

Frau Kaminski lächelte. „Du könntest dir eine Art von Kalender herstellen, in dem du die Tage abstreichen kannst, aber vielleicht hilft es auch, wenn du mit Giorgio schon einige Wege erkundest, damit du für Klara schon einige Erlebnistouren planen kannst."

„Gut, dann helfe ich dir jetzt ein bisschen beim Auspacken."

Sie folgte der Mutter ins Haus und half beim Sortieren des Geschirrs. Zwei Stunden später betrachteten sie stolz den eingeräumten Küchenschrank.

„Der ist schon mal fertig", freute sich Tecky.

„Dann gehe ich jetzt mal in mein Zimmer und spiele etwas am Computer. Du weißt doch, das ist das Spiel bei dem man sich ein Haus bauen kann und noch vieles mehr."

In diesem Augenblick schellte die Türglocke.

Erstaunt sah Frau Kaminski ihre Tochter an. „Bekommen wir Besuch? Hast du jemanden bestellt? Die Post ist doch schon durch."

„Ich gehe schon!" rief Tecky, eilte zur Haustür und öffnete sie.

Draußen stand Giorgio und sah sie erwartungsvoll an. „Ich muss gerade meiner Oma einen Kuchen bringen. Sie wohnt nur eine Straße weiter. Hast du Lust, mit mir dorthin zu gehen? Vielleicht kann sie uns schon etwas über die Sibyllenhöhle erzählen."

Sie blickte ihn freudig überrascht an. „Eine tolle Idee! Warte einen Augenblick! Ich muss gerade meiner Mutter Bescheid sagen."

Sie ließ Giorgio an der Tür stehen und eilte in die Küche. „Draußen ist Giorgio, er fragt mich, ob ich ihn zu seiner Oma begleiten möchte. Sie wohnt nur um die Ecke, ein paar Häuser weiter. Und die hat Ahnung und kennt die ganze Umgebung, weil sie hier geboren ist. Darf ich gerade mit ihm gehen?"

Die Mutter zögerte einen Moment. „Du kennst Giorgio doch noch gar nicht, und wer weiß, ob es seiner Großmutter gerade so passt."

„Er hat mich extra gefragt. Lass mich doch schnell mitgehen!" drängelte Tecky.

Frau Kaminski schob ihre Tochter mit einer freundlichen Umarmung durch den Flur zur Haustür. „Dann werde ich mir den jungen Mann einmal anschauen", sagte sie und betrachtete Giorgio eingehend. „Du bist also einer der Jungen von nebenan. Ich freue mich, dass ihr beide schon so schnell Bekanntschaft geschlossen habt. Und du meinst, dass meine Tochter deine Großmutter jetzt nicht stört?!"

Giorgio lachte. „Das ist bei uns nicht so kompliziert, das habe ich schon öfters festgestellt. Meine Oma ist zwar eine Deutsche, aber sie hat genauso gern Gäste wie meine übrige italienische Familie. Wir feiern immer gern und freuen uns, wenn wir Besuch bekommen. Bei Oma Sabine und Opa Gianni ist immer offenes Haus."

Frau Kaminski lächelte. „Wenn das so ist, habe ich nichts dagegen. Ich wollte dich, deine Geschwister und deine Eltern sowieso zu einem netten Kennenlernen einladen, damit man sich in der Nachbarschaft besser verstehen kann. Allerdings erst, wenn wir mit dem Umzug fertig sind. Jetzt haben wir noch zu viel Unordnung im Haus."

„Prima!" freute sich der Junge. „Meine Mutter will heute Abend Pizza backen. Da bringe ich euch etwas hinüber. Das haben wir schon besprochen. Dann brauchen Sie heute Abend nicht zu kochen."

„Was für eine nette Idee! Wir essen sehr gern Pizza. Dass wir so nette Nachbarn bekommen, hatte ich nicht zu hoffen gewagt. Dann lauft mal hinüber zu der Oma. Ich habe hier noch genug zu tun", teilte ihm Frau Kaminski mit und schloss die Tür hinter den beiden Kindern.

***

Die beiden Kinder überquerten die Straße und passierten einige Häuser.

Als sie an dem Eiscafé vorbeikamen, winkte der Verkäufer aus dem Fenster. „Ciao Giorgio! Magst du heute kein Eis?"

„Doch, schon. Aber wir gehen gerade zu Oma. Mama hat Kuchen gebacken, da soll ich einen vorbeibringen."

„Dann kommt doch kurz ein Eis essen! Ich habe eben gesehen, dass deine Oma noch zum Einkaufen gefahren ist. Da hättet ihr jetzt im Moment sowieso kein Glück. Ich sehe hier vom Fenster aus, wann sie wiederkommt und gebe euch dann Bescheid", lockte er seinen Neffen.

Giorgio sah Tecky fragend an. „Magst du Eis?"

Sie lachte. „Eigentlich immer. Aber meine Mutter hat es nicht so gern, wenn ich kurz vor dem Abendbrot noch etwas Süßes esse. Trotzdem, danke, probieren kann ich ja mal."

Giorgio hielt dem Mädchen die Tür auf und folgte ihr in den Eissalon.

Suchend sahen sie sich um und spähten nach einem freien Tisch. Als in einer Ecke gerade ein Ehepaar aufstand, um hinauszugehen, strebten sie diesen Sitzplätzen zu.

Ein bekanntes Lachen tönte vom Nebentisch. Sie entdeckten Cora, die dort mit Oliver, Niklas und Anna Platz genommen hatte und einen Eisbecher löffelte.

„Da ist ja die Fürstin von Teck!" spöttelte das schwarzhaarige Mädchen. „Und den Italiener hat sie auch mitgebracht. Dann können sie ja demnächst gemeinsam auf das behinderte Kind aufpassen!"

Die anderen lachten und fühlten sich ermuntert mit ähnlichen abfälligen Bemerkungen zur Unterhaltung beizutragen.

„Dann hat sie sich ja jetzt einen tollen Fürsten geangelt", scherzte Anna. „Wahrscheinlich ist sie scharf auf Eis, das sie nicht bezahlen muss."

„Vermutlich weiß sie sich überall Liebkind zu machen", fügte Oliver hinzu. „Frau Biermann hat auch schon einen Narren an ihr gefressen, weil sie so brav ist."

„Wir werden ihr schon zeigen, wer hier in der Gegend das Sagen hat", drohte Niklas.

Giorgio beugte sich zu Tecky. „Soll ich denen mal meine Meinung sagen?" schlug er ihr vor.

Sie schüttelte den Kopf. „Nein, noch nicht. Die werden mich noch kennen lernen, aber noch nicht jetzt. Ich habe nämlich keine

Angst vor ihnen, sie sind ziemlich dämlich mit all ihren blöden Vorurteilen. Das habe ich schon in der Schule gemerkt, als sie über meinen Spitznamen gelacht haben. Und über Cora habe ich mir auch schon meinen Teil gedacht, als sie im Deutschunterricht so überheblich war und sich ganz groß tun wollte. Ich werde erst einmal herausfinden, was sie überhaupt wollen und warum sie so blöd sind. Dann werde ich mir schon eine Strategie ausdenken und sie in die Schranken weisen."

Giorgios Onkel erschien am Tisch und fragte die beiden Kinder nach ihren Wünschen.

„Zweimal Himbeer und Zitrone bitte!" bestellte der Junge. „Und wenn du mal ein Eis mit Pfeffer und Paprika herstellst, dann kannst du es den vier Typen an den Nebentisch bringen", er zeigte auf Cora und ihre Begleiter.

Der Onkel staunte. „Habt ihr Ärger mit denen?"

Tecky wehrte ab. „Nicht der Rede wert. Solche Menschen gibt es überall. Meistens sind es hohle Köpfe, wenn sie sich so in den Vordergrund spielen müssen. Im Augenblick haben wir noch alles im Griff."

„Gut, dass ich das weiß", bemerkte der Besitzer des Eiscafés. „Sie werden von mir nur noch normale Portionen bekommen und kein Gramm Eis extra."

Während die vier am Nachbartisch sich unentwegt kleine Gehässigkeit für die beiden ausdachten, ließen sich Tecky und Giorgio das Eis schmecken. Eine Viertelstunde später erschien Giorgios Onkel erneut. „Die Oma ist gerade wieder zurück. Jetzt könnt ihr Glück haben. Und grüßt sie schön von mir!"

Die beiden Kinder verließen ihre Plätze und würdigten den Nachbartisch keines Blickes, obwohl ihnen von dort spöttisches Gelächter nachhallte. Sie bedankten sich bei dem Onkel und verließen vergnügt den Eissalon.

***

Giorgios Oma Sabine, eine freundliche ältere Frau, bat die Kinder ins Haus und zeigte ihre Freude über den frischgebackenen Kuchen.

Sie sah die beiden Kinder an. „Setzt euch doch hier etwas zu mir! Möchtet ihr direkt ein Stück davon probieren?"

Giorgio stöhnte. „Oh nein! Ich nicht. Wir haben gerade im Eiscafé eine große Portion Fruchteis gegessen. Und es gibt gleich schon wieder Abendbrot. Pizza!"

„Danke, ich kann momentan auch nichts essen", lehnte Tecky das Angebot der netten Frau ab.

Der Junge wandte sich an die Großmutter. „Ich wollte dir Tecky vorstellen. Sie wohnt jetzt in dem Haus nebenan und interessiert sich für die Gegend hier. Vielleicht kannst du uns demnächst ein paar Tipps geben. Aber gleichzeitig müssen wir auch gegen das unangenehme Kleeblatt kämpfen, das sich immer wieder neue Opfer sucht."

Seine Oma nickte verstehend. „Ach, du meinst Anna, Cora und ihre beiden Freunde?! Benehmen die sich immer noch so schlecht? Sie sind doch mittlerweile gar nicht mehr so klein und müssten inzwischen schon bessere Manieren haben. Aber es ist wohl immer wieder dasselbe mit den Menschen."

Sie stellte den Kindern Limonade auf den Tisch.

„Schön, dich kennenzulernen, Tecky!" Oma Sabine betrachtete das Mädchen eingehend. „Es wird dir sicher hier gefallen. In unserer Gegend kann man lebendige Geschichte erleben. Aber die Menschen sind noch die gleichen, wie vor vielen Jahren, als mein Mann Gianni hier neu in diese Gegend kam. Willst du unsere Geschichte hören, Tecky?"

Das Mädchen nickte und Giorgios Großmutter begann mit ihrer Erzählung: „Es ist nun schon einige Jahrzehnte hier, da gab es in Deutschland einen großen wirtschaftlichen Aufschwung. Nach dem Krieg wurde überall gebaut, es entstanden viele neue Siedlungen, Hochhäuser und Einfamilienhäuser. Es gab einen richtigen Bauboom. Und den deutschen Handwerkern ging es sehr gut, sie hatten genug zu tun. Es gibt aber immer wieder einige Menschen, denen es nicht gut tut, wenn es ihnen gut geht. Dazu gibt es auch einen alten Spruch: „Wenn es ihnen zu gut geht, gehen die Mäuse aufs Eis tanzen." Kennst du diesen Spruch, Tecky?"

Das Mädchen nickte. „Ja, das habe ich auch schon einmal von meiner Großmutter gehört. Das sind so diese alten Sprüche, und manchmal stimmen sie."

„Ja, bei den Handwerkern damals, da hat es gestimmt. Plötzlich arbeiteten sie nur noch bis mittags, und dann hatten sie keine Lust mehr, sondern gingen nach Hause. Es gab viel zu viel Arbeit, aber zu wenig Handwerker, die fleißig arbeiten wollten. Zu dieser Zeit wurde dann in Deutschland beschlossen, dass man aus den südlichen Ländern, in denen es wenig Arbeit gab, Leute nach hierhin einladen wollte, damit sie hier arbeiten und leben sollten. Italien war eines der ersten Länder, an die man sich zu dieser Zeit wandte.

Man nannte sie zuerst „Fremdarbeiter" und etwas später ein klein wenig freundlicher „Gastarbeiter". Aber so wurden sie von vielen wirklich nicht behandelt. Für wenig Geld mussten sehr viele von ihnen sehr harte Arbeit leisten und wurden in sehr schlechten Unterkünften untergebracht. Dabei wurden sie auch von manchen Menschen verspottet und ausgelacht oder sogar bekämpft. Das wurde nämlich mit der Zeit noch schlimmer, weil sich die Zustände in Deutschland änderten. Der Bauboom hörte langsam auf, und man musste sich die Arbeit mit der Zeit wieder teilen. Dieses Teilen ging natürlich nicht sehr gerecht vor sich: die erstrebenswerten sauberen Arbeiten wurden von den deutschen Handwerkern erledigt, und die weniger angenehmen mussten die Gastarbeiter übernehmen. Nicht wenige Menschen nannten damals diese italienischen Gastarbeiter „Spaghettifresser".

„Das ist ja widerlich", fand Tecky. „Ist es Ihrem Mann auch so ergangen?"

„Am Anfang schon. Aber dann hat ihm mein Onkel eine Stelle in der Textilfabrik besorgt, und von da an ging es mit ihm bergauf. Ich lernte ihn bei einem Sommerfest in der Fabrik kennen, und wir verliebten uns sofort ineinander. Aber wir hatten es sehr schwer, denn viele Menschen schauten nun auf mich herab und lachten über mich. Es gab sogar Freunde, die uns auseinander bringen wollten. Zum Glück war unsere Liebe stark genug, sodass wir all diesen Hindernissen aus dem Weg gehen konnten. Aber ein Bild aus dieser Zeit werde ich nie vergessen."

„Die Geschichte mit der Zugfahrt, Oma?" fragte der Enkel.

Die Großmutter nickte. „Ja dieses Bild habe ich nach so vielen Jahren immer noch ganz genau vor Augen. Ich war mit meinen Eltern in Norditalien gewesen, wir haben dort Urlaub gemacht. Es war schon dunkel, denn wir sind in der Nacht gefahren. Doch ich konnte nicht wie die anderen im Zug schlafen, ich war viel zu aufgeregt bei diesem Erlebnis. Da bin ich dann ein bisschen im Zug herumspaziert und habe in die anderen Abteile hinein gesehen. Dort waren sie dann alle versammelt, die zukünftigen Gastarbeiter. Die meisten von ihnen konnten auch nicht schlafen und unterhielten sich. Einige von ihnen schienen sich auf das neue Leben in Deutschland zu freuen, aber andere von ihnen blickten sich mit sorgenvollen Augen an. Manche sahen sogar ängstlich aus, und ich versuchte, ihre Gedanken zu erraten. Sie hatten nun alles verlassen, die Heimat, einfach alles hinter sich gelassen und waren nun darauf angewiesen, dass man sie gut behandelte und ihnen einen ordentlichen Platz gab. Aber man spürte deutlich, dass sie sich hier im Zug schon sehr fremd fühlten, obwohl sie noch nicht einmal an der Grenze waren. Ich spazierte weiter umher, und entdeckte ein

Abteil, in dem es ganz dunkel war. Dort lag ein junges Pärchen, ganz ausgestreckt über alle Bänke hinweg. Sie lagen nebeneinander, ganz eng aneinandergeschmiegt. Er lag hinter ihr und hatte seinen Arm schützend über ihren Körper gelegt. Sie schliefen, aber in ihrem Gesichtsausdruck entdeckte ich auch bei ihnen die Furcht vor der Zukunft, die Angst vor der Ungewissheit. Doch der behütende Arm drückte so viel Zärtlichkeit, so viel Mut aus, so, als ob er sagen wollte: „Hab keine Angst! Was auch immer kommen mag, ich beschütze dich! Ich bin bei dir!"

Dieses Bild sehe ich noch heute vor mir, als wäre es gestern gewesen, und von diesem Augenblick an wusste ich, wie schwer es diese Menschen hatten."

„Haben Sie sich deswegen für Ihren Mann interessiert?" erkundigte sich Tecky. „Wollten Sie ihm helfen?"

Die Großmutter lächelte. „Nein, ich hatte ihn schon kurz vorher kennen gelernt, da ahnte ich noch nichts von den Problemen der Gastarbeiter. Ich habe ihn gesehen und wusste, dass ich mit ihm leben wollte. Das ist eigentlich eine ganz alte Geschichte, aber wenn ich jetzt sehe, wie sich Anna und Cora mit ihren Freunden verhalten, dann werde ich ganz traurig, weil ich sehe, dass sich die Menschen seitdem nicht verändert haben. Hat dir Giorgio schon erzählt, wie gehässig diese Mädchen gegen meinen Enkelsohn Carlo sind?"

„Nein, das hat er noch nicht. Aber ich habe es selbst gehört, wie sie sich über ihn lustig gemacht haben. Das war eben noch im Eiscafé. Ich verstehe es überhaupt nicht. Warum mögen sie denn Carlo nicht?"

„Anna und Cora und Niklas und Oliver geht es sehr gut. Jedenfalls sieht es nach außen so aus. Sie werden von ihren Eltern mit allen Mitteln verwöhnt. Aber in diesen Familien nimmt man sich keine Zeit füreinander, und die Eltern geben den Jugendlichen kein gutes Beispiel ab. Wenn man es genau nimmt, sind es im wahrsten Sinne des Wortes unerzogene Kinder, und das merkt man ihnen auch an. Irgendwann werden sie sicherlich auch noch vom Kampf des Lebens erzogen werden, aber bis dahin kann es schon zu spät sein. Bis dahin können sie schon zu unerträglichen Erwachsenen geworden sein. Leider sind die Eltern dieser Kinder in hohen Positionen und gehören zu angesehenen Gruppen. Da mischen sich dann die anderen nicht gern ein. Carlo ist kleiner und schwächer als sie, und anders. Das macht ihn zum Opfer."

„Aber da muss man etwas tun!" fand Tecky. „So schaffen sich Cora, Anna und die Jungen keine wahren Freunde."

„Aber sie werden von manchen gefürchtet", erklärte Giorgio. „Und es gibt sogar Kinder, die dieses Kleeblatt bewundern."

„Wir müssen uns etwas ausdenken", entschied das Mädchen. „Meine Freundin Klara und ich, wir haben uns auch geschworen, gegen solche Zustände vorzugehen, mit Mut und ohne Angst."

„Solche Kinder können auch gefährlich werden", warnte die Großmutter. „Vielleicht überlässt du das lieber den Eltern."

Tecky schüttelte den Kopf. „Nein. Es darf nicht so sein wie in der Sage von der Sibylle. Sie ist geflohen, und ihre bösen Söhne haben gesiegt. Das darf unmöglich das Ende dieser Geschichte sein. Man müsste diese gute Zauberin wieder zurückholen."

***

Die Großmutter wusste da keinen Rat, aber sie versprach ihrem Enkel und Tecky, einmal darüber nachzudenken, wie man die Bosheiten des „Kleeblattes" unterbinden könnte.

Giorgio sah auf seine Uhr und stellte erschrocken fest, dass er sich verplaudert hatte. „Ich habe heute Abend noch Training", entschuldigte er sich. „Das hätte ich jetzt fast vergessen."

Das Mädchen sah ihn neugierig an. „Was für ein Training machst du denn?"

„Fußball natürlich" sagte er, als sei dies ganz selbstverständlich.

„Ja, dann wird es aber Zeit", fand auch Oma Sabine. Mit ein paar aufmunternden Worten begleitete sie die beiden Kinder durch den Garten zum Tor und verabschiedete sich von ihnen.

Auf dem Rückweg durch die Straßen wanderten Teckys Gedanken zurück zu dem kleinen Carlo. „Was ist denn eigentlich mit ihm? Ist er denn irgendwie körperlich oder geistig behindert?"

„Nicht wirklich. Die Ärzte sagen, er ist nur etwas zurückgeblieben, ein Spätentwickler.

Aber man kann noch sehr viel mit ihm machen. Er bekommt besonderen Förderunterricht, das ist sehr wichtig für ihn. Er ist nur manchmal ein bisschen langsam. Und wenn ihm diese Cora irgendetwas Fieses sagt, dann kann er nicht so schnell reagieren. Bis er sich wirklich wehrt, kann schon einige Zeit vergehen. Ansonsten ist er ein wirklich lieber Junge. Zu lieb vielleicht."

„Und was weißt du über Cora, Anna, Niklas und Oliver? Wo haben sie ihre Schwächen?"

Giorgio überlegte. „Ich kenne sie schon ewig. Sie wohnen mit ihren Eltern schon immer hier im Ort. Sie sind so eine Art Club, eine geschlossene Gesellschaft, und sie bestimmen, wer in ist und wer out. Natürlich wollen sie mit allem immer auf dem neuesten Stand sein, auch in der Mode. Da tragen sie als erste die neuen Trendfrisuren oder ziehen das an, was up to date ist. Fußball spielen sie übrigens nicht, sie sagen, das ist etwas für die einfachen Leute. Aber die Jungen in unserem Verein sind aus allen Schichten der Bevölkerung."

„Klaras großer Bruder hat auch Fußball gespielt. Der studiert schon, und er fand sich nicht zu fein dafür. Und was macht das

Kleeblatt stattdessen? Vielleicht Golfspielen?"

Giorgio lachte. „Vielleicht machen die das später, wenn sie erwachsen sind. Sie gehen ins Kino und veranstalten ab und zu eine Gartenparty. Und diejenigen, die eingeladen werden, dürfen dann stolz sein."

„Gartenpartys machen wir auch", berichtete Tecky. „Meine Mutter und ich, wir machen dann die Salate und mein Vater grillt. Das ist immer ganz lustig, dazu kamen auch immer ganz viele Freunde. Aber hier kennen wir noch niemanden, ich denke, wir fangen mit eurer Familie an. Das wird bestimmt lustig."

„Genau genommen könnte man diesen vier überheblichen Mitschülern auch einmal einen Denkzettel verpassen, wenn man ihnen ein paar Streiche spielt", überlegte Giorgio. „Aber mir fällt auch im Moment nichts ein."

Tecky überlegte. „Weißt du denn etwas Genaueres über diese Sibylle? Hat da irgendjemand einmal ihren Geist gesehen?"

„Nicht, solange ich lebe. Aber ich weiß, dass es hier einmal im Ort eine ganz alte Frau gab, die meinte, dass man den Geist der Sibylle manchmal spüren könnte. Nicht so wie ein Gespenst, nicht wie eine sichtbare Person, sondern einfach so wie einen

Lufthauch oder eine gute Idee. Sie sagte auch, das Wort „Einfall" heißt nicht zufällig so. Das bedeutet nämlich, dass irgendetwas von außen als Idee in eine Person einfällt. Die Gedanken würden alle so in der Luft herumschwirren, man müsste sie nur auffangen."

Das Mädchen sah ihn erstaunt an. „Das ist komisch, wenn man sich das so vorstellt. Und hat diese Frau irgendetwas über Sibylle gesagt?"

„Sie sagte nur, die Gedanken dieser Frau können etwas Gutes bringen. Warum fragst du jetzt so danach? Hast du etwas Besonderes vor?"

„Ich habe gedacht, man könnte mit dieser Sibylle dem verrückten Kleeblatt einen Streich spielen. Vielleicht würde das ihnen Angst einjagen. Ich glaube zwar nicht, dass die an Gespenster glauben, aber man könnte irgendetwas inszenieren."

Er seufzte. „Dann müsste man sie schon bei der richtigen Gelegenheit erwischen. Die Mädchen wohnen nämlich in verschiedenen Villen, die umzäunt sind und auch Überwachungsanlagen haben. Die Eltern von Niklas und Oliver haben auch große Hunde in ihrem Garten. Die Beckers haben einen großen Bauernhof und der Vater von Oliver hat ein Autohaus, mit Neu- und Gebrauchtwagen. Dort gibt es überall riesige Wachhunde. Da hätten wir keine Chance, unbemerkt hinein zu gelangen."

„Schade. Dann müssen wir unsere Aktivitäten eben auf einen anderen Ort verschieben. Wie sieht es denn mit der Schule aus? Es gibt verschiedene Unterrichtsfächer, in die man etwas Zauber hineinbringen könnte. Beim Sport zum Beispiel oder im Biologieunterricht. Vielleicht sogar in der Chemiestunde."

Er hob die Augenbrauen. „Da habe ich wenig Hoffnung. Unsere Lehrer sind auch alle topfit und nicht auf den Kopf gefallen. Die könnten uns da einiges verderben. Und bis jetzt haben wir auch noch keine Freunde auf unserer Seite. Die meisten Schüler sind froh, wenn sie mal ab und zu vom Kleeblatt zu einer Gartenparty eingeladen werden. Das wollen sie sich bestimmt nicht verderben. Nur im Geheimen, da haben sie auch Angst vor ihnen, da würden sie sich wohl gern einmal unbemerkt einen Scherz erlauben."

Tecky seufzte. „Ich sehe schon. Wir brauchen einfach ganz geniale Ideen. Und die kann man nicht einfach so konstruieren.

Ich glaube, wir müssen morgen unbedingt zu der Höhle gehen. Magst du mich morgen zu dem Sibyllenloch begleiten?"

„Das kann ich dir noch nicht versprechen. Ich weiß nicht, was meine Mutter morgen vorhat. Vielleicht muss ich wieder auf meinen kleinen Bruder aufpassen."

„Können wir den nicht einfach mitnehmen?"

„Nein, das ist keine gute Idee. Wenn wir auf ihn aufpassen müssen, können wir uns nicht auf die Sibylle und den Zauber dort konzentrieren. Wir müssen das einfach morgen spontan entscheiden."

„Gut, Hauptsache, du zeigst mir den Weg und begleitest mich."

Sie waren am Haus der Familie Kaminski angekommen, und Giorgio verabschiedete sich. „Vielleicht bringe ich dir gleich noch die Pizza herüber, wenn ich es noch vor dem Training schaffe." Jetzt hatte er es eilig und winkte ihr noch einmal flüchtig zu.

Nachdenklich öffnete Tecky das Gartentor. Giorgio schien ein netter Nachbar zu sein, vielleicht konnte man sich auf Dauer sogar gut mit ihm anfreunden. Natürlich nicht so, wie mit Klara. Das war etwas ganz Besonderes gewesen. Aber er schien ein guter Kumpel zu sein.

***

Frau Bianchi brachte später selbst ein großes Blech mit Pizzastücken, und Frau Kaminski lud die Nachbarin zu einem Tee ein.

Tecky hockte in einer Ecke des Wohnzimmers und hörte dem Gespräch der beiden Frauen zu.

„Giorgio findet Ihre Tochter sehr nett, Frau Kaminski", berichtete Frau Bianchi. „Er muss leider viel zu oft die Aufsicht über Carlo übernehmen. Das tut mir oft sehr leid, aber es geht im Moment nicht anders, da ich sehr viele Arzttermine habe. Ich würde dem Jungen auch lieber eine unbeschwerte Kindheit gönnen, aber seit meiner Krankheit muss ich ihn leider immer wieder einspannen."

„Das tut mir leid", antwortete die Mutter. „Wenn ich Ihnen in irgendeiner Weise helfen kann, dann sagen Sie mir doch bitte Bescheid! Vielleicht kann ich auch mal auf ihren kleinen Sohn aufpassen. Oder vielleicht auch Tecky. Sie ist schon sehr vernünftig, und hilft mir häufig. Sie ist leider ein Einzelkind, und daher ist sie in mancher Hinsicht schon sehr erwachsen. Zum Glück hatte sie eine sehr kreative und fantasievolle Freundin, mit der sie dann doch oft ein richtiges Kind sein konnte. Es ist für meine

Tochter jetzt eine große Umstellung, aber dieser Umzug konnte nicht verhindert werden, das Haus, in dem wir bis jetzt wohnten, wird leider abgerissen. Es war ein sehr altes Haus, hätte aber wohl renoviert werden müssen. Der Besitzer zieht es aber vor, es abreißen zu lassen, damit er einen größeres, modernes Haus an seine Stelle setzen kann."

„Werden Sie denn dann wieder zurückziehen, wenn das neue Haus fertig ist, Frau Kaminski?

„Nein, das haben wir nicht vor. Das hat auch der Hausbesitzer nicht so eingeplant. Wir hoffen, dass wir hier ein neues Zuhause finden, und dass sich Tecky auch bald hier einleben wird. Sie scheint sich mit Ihrem Sohn sehr gut zu verstehen, Frau Bianchi."

Die Nachbarin lächelte. „Das würde mich auch freuen. Ich weiß, wie das ist. Ich hatte nämlich auch damals meine Bedenken, als mich mein Mann Roberto aus Italien nach Deutschland holte. Und seine Mutter Sabine wusste auch ein paar bedenkliche Geschichten aus der Ankunftszeit ihres Mannes hier in Deutschland. Aber dann habe ich mich hier doch sehr schnell eingelebt und eine Reihe von Freunden gefunden. Ich gehöre zu einer Gruppe von Frauen, die sich hier sehr für die Natur engagiert und ab und zu freiwillig bei der Pflege der Wanderpfade mithilft. So kommt man sich näher, tut etwas für die Umwelt und ist in der gesunden und wunderschönen Natur. Vielleicht haben Sie auch Lust, da mitzumachen?"

Frau Kaminski freute sich. „Das hört sich wirklich verlockend an. Ich werde mir das einmal überlegen und schauen, wie ich meine Zeit einteilen kann. Im Moment sind wir noch mit den Umzugsarbeiten beschäftigt. Aber das wird ja dann doch bald beendet sein."

„Wenn Sie noch Hilfe brauchen, sagen Sie mir doch bitte Bescheid! Und mein Mann ist zwar ein Ingenieur, da kennt er sich mit der Theorie aus, aber trotzdem ist er auch handwerklich begabt. In einem neuen Heim gibt es ja oft einiges zum Schrauben oder zum Zusammenbauen. Wenn Sie da Bedarf haben, schicke ich ihn gern hinüber."

„Danke für das Angebot. Zum Glück sind wir schon fast fertig, und mein Mann kommt auch am Wochenende nach Hause. Er hat mir schon am Telefon gesagt, ich solle ihm noch etwas Arbeit übrig lassen. Zum Ausgleich für seine trockene Arbeit in der

Woche freut er sich auch schon auf ein bisschen handwerkliche Tätigkeiten am Wochenende."

Tecky mischte sich ein. „Aber wir wollen doch auch am Wochenende zusammen spazieren gehen."

„Das werden wir auch", versprach die Mutter. „Dein Papa kommt schon morgen, am Freitag nach Hause. Da bleibt uns dann das ganze Wochenende für all unsere Unternehmungen. Und vielleicht können wir dann schon in vierzehn Tagen bei schönem Wetter im Garten eine kleine Einweihungsparty feiern. Vielleicht haben Sie dann Zeit, Frau Bianchi?" wandte sie sich an die Nachbarin.

„Ich kann es Ihnen noch nicht versprechen. Ich habe noch ein paar Termine im Krankenhaus. Aber wenn ich all das hinter mir habe, dann kommen wir natürlich gern."

Frau Kaminski zögerte. „Es tut mir sehr leid, dass offensichtlich Ihre Gesundheit nicht in Ordnung ist. Vermutlich möchten Sie nicht darüber reden. Aber ich wünsche Ihnen alles Gute!"

Frau Bianchi atmete tief. „Jetzt sind wir schon einmal Nachbarinnen geworden und werden vielleicht auch einiges gemeinsam erleben, wenn sich Giorgio und Tecky näher befreunden. Dann kann ich Ihnen auch sagen, was Sache ist. Ich habe Brustkrebs gehabt und eine Operation hinter mir. Jetzt habe ich noch eine Bestrahlung und danach kommt eine Behandlung mit Medikamenten. Aber die Ärzte sind sehr zuversichtlich, dass ich wieder gesund werde. Das alles wissen nicht viele Menschen, nur die Kinder. Aber sie sollen mit niemandem darüber reden."

„Dann sage ich Ihnen wirklich von Herzen gute Besserung", wünschte Teckys Mutter. „Wir werden selbstverständlich mit niemandem darüber sprechen. Aber es ist gut, dass sie mir davon erzählt haben, denn dann kann ich Ihnen vielleicht wirklich öfter einmal etwas abnehmen. Und Carlo kann gerne zu uns kommen, wenn Ihnen das recht ist."

„Vielen Dank für Ihr freundliches Angebot! Ich werde darauf zurückkommen, wenn ich Probleme habe. Bisher konnten wir uns immer ganz gut helfen, weil wir eine große Familie sind. Und die Kinder sind auch sehr vernünftig und hilfsbereit. Auch Giorgio ist schon ziemlich erwachsen geworden, seitdem er etwas von meiner Krankheit weiß."

„Das war bestimmt ein schwerer Schlag für die ganze Familie", vermutete Frau Kaminski. „Es tut sicherlich gut, wenn jetzt alle so sehr zusammenhalten."

Frau Bianchi nickte. „Ja, das hilft dann sehr in solchen schlimmen Zeiten. Aber jetzt muss ich mich wieder verabschieden. Im Augenblick passt mein ältester Sohn Franco auf seinen kleinsten Bruder auf. Ich möchte ihn auch nicht zu sehr belasten. Ein bisschen Zeit für sich selbst brauchen die Kinder in diesem Alter auch."

Sie verabschiedete sich von Frau Kaminski und Tecky und entfernte sich eilig.

***

„Muss Giorgios Mutter sterben?" erkundigte sich Tecky bei ihrer Mutter, als Frau Bianchi nicht mehr in Hörweite war.

„Das wollen wir nicht hoffen. Zum Glück kann man heute schon in vielen Fällen etwas gegen diese Krankheit tun. Nicht jeder, der Krebs hat, muss sterben. Es gibt viele Frauen, die Brustkrebs hatten und geheilt wurden. Wenn man diese Krankheit rechtzeitig erkennt und früh genug etwas dagegen tut, sind die Chancen sehr hoch, wieder gesund zu werden."

„Giorgio hat mir gar nichts davon erzählt. Er vertraut mir sicherlich noch nicht", beschwerte sich Tecky.

„Er musste seiner Mutter versprechen, mit niemanden darüber zu reden. Es ist besser, wenn sie selbst entscheidet, wem man etwas mitteilt und wem nicht. Vielleicht schließen wir sie von nun an in unser Abendgebet mit ein."

Das Mädchen machte große Augen. „Glaubst du, dass das hilft?"

„Bei mir hat das Beten bisher immer geholfen", bekannte die Mutter. „Du glaubst doch sonst auch an jeden Zauber und an die fantastischen Geschichten von Klara und ihrer Großmutter. Und demnächst willst du doch hier auch dem Sibyllen-Zauber nachgehen, wie du mir berichtet hast. Dann darfst du auch daran glauben, dass Beten Wunder bewirken kann."

Teckys Handy meldete sich.. „Das ist eine Nachricht von Klara. Ich bin gespannt, was sie schreibt."

„Sicher vermisst sie dich auch schon sehr", vermutete die Mutter.

Das Mädchen vertiefte sich in den Text. Als sie ihn gelesen und begriffen hatte, stöhnte sie. „Ach nein! Das ist doch wirklich keine gute Nachricht. Klaras Eltern wollen sich scheiden lassen, darüber ist sie natürlich jetzt total schockiert. Kann ich sie nicht besuchen und ihr helfen?"

„Das geht leider nicht, Tecky. Die Schule hat schon angefangen. Aber du kannst ihr vorschlagen, dass sie dich in den Herbstferien hier besuchen kann. Ihr könnt euch dann über alles in Ruhe aussprechen und du kannst ihr hier alles zeigen."

Das Mädchen vertiefte sich noch einmal in den Text und schrieb dann nach einigem Überlegen einen Antwortbrief. Schnell flogen dann die Kurznachrichten hin und her, und als die beiden ihren Nachrichtenaustausch beendet hatten, seufzte Tecky. „So, ich habe ihr alles gesagt, was ich darüber denke. Und ich habe sie für die Herbstferien eingeladen. Ich hoffe, dass sie jetzt etwas getröstet ist, denn ich habe ihr auch geschrieben, dass ja bis jetzt noch nichts Endgültiges passiert ist. Vielleicht überlegen es sich ihre Eltern auch noch mal. Ich hoffe, bei dir und Papa bleibt alles so wie es ist."

Die Mutter legte den Arm um die Schultern ihrer Tochter. „Das hoffe ich auch, mein Kind. Und ich werde auch alles dafür tun, damit so etwas bei uns nicht passiert. Alles, was in meiner Macht steht, liebe Tecky."

***

Der Schultag am anderen Vormittag verlief ohne nennenswerte Ergebnisse. Tecky lernte mehrere neue Lehrkräfte kennen und ging dem Kleeblatt, so weit es ging, aus dem Weg.

Lediglich in der letzten Stunde bei Frau Biermann, kehrte die Klassenlehrerin zu dem Thema des Vortages zurück.

„Nachdem ich gestern eure Hefte eingesammelt und bis heute auch schon einige eurer Gedanken gelesen habe, werden wir in den nächsten Schulstunden noch einige Male auf das Thema des Gedichtes von Eugen Roth zurückkommen. Heute lese ich euch ein Stück aus dem Text von Lea vor, die etwas aus ihrer Kindheit berichtet hat, und es scheint mir ein guter Gedanke zu sein. Sie schreibt: „Als ich klein war, bekamen wir einen Hund. Damals wusste ich noch nicht, wie man mit einem Tier umgeht. Meine Eltern haben mir viel darüber erzählt. Aber offensichtlich habe ich nicht alles verstanden. Ich habe gedacht, man könnte mit dem Hund so umgehen wie mit einem Menschen und habe mit ihm herumgetollt. Dabei war ich wohl nicht sehr zimperlich, und als mein größerer Bruder hinzukam, schimpfte er mit mir. Er meinte, dass meine wilde Art dem Hund bestimmt nicht gefiele. Aber ich hörte nicht auf ihn, im Gegenteil, ich trieb es noch wilder. Daraufhin begann mein Bruder mit mir herumzutollen, immer wilder, bis es mir überhaupt nicht mehr gefiel. Er zupfte mich und zerrte mich und gab überhaupt keine Ruhe. Ich wurde sehr böse und fragte ihn, was denn los sei. Aber er antwortete nur, er müsse mir doch unbedingt zeigen, wie es sich anfühlt, wenn man einem anderen seinen Willen aufzwingt und es zu toll treibt. Das habe ich dann an meinem eigenen Körper gespürt, und ich wusste, was er meinte. Wenn man mit anderen Menschen etwas macht, muss man sich immer erst fragen, ob es einem selbst auch gefallen könnte." Soweit also etwas aus dem Text von Lea. Darüber könnt ihr einmal nachdenken, und demnächst lese ich euch weitere Textproben vor." Damit schloss sie das Thema vorerst ab und setzte den Unterricht in einer anderen Richtung fort.

Tecky überlegte. Diese Lea war bestimmt ein nettes Mädchen, wenn sie solch vernünftige Ansichten hatte. Sie betrachtete die Mitschülerin aus den Augenwinkeln. Das etwas rundliche, blonde Mädchen sah aus wie ein kleiner Engel. Bisher hatte Tecky dieses Mädchen noch nicht in Augenschein genommen, aber sie nahm sich vor, sie in den nächsten Tagen einmal anzusprechen. Vielleicht konnte sie ja auch für die Aktionen gegen das Kleeblatt gewonnen werden?

Nach der Schule lief Tecky eilig nach Hause. Ob Giorgio heute wohl Zeit für sie hatte? Sie spähte in den Garten hinüber, konnte ihn aber nirgends entdecken.

„Wie war es denn heute in der Schule?" erkundigte sich die Mutter. „Gab es wieder Ärger mit Cora?"

Das Mädchen schüttelte den Kopf. „Ich bin ihr aus dem Weg gegangen. Ich werde schon etwas finden, womit ich ihr einen Denkzettel gebe. Aber das muss ich mir gut überlegen."

„Willst du ihr einen Streich spielen? Damit muss man vorsichtig sein, das kann auch nach hinten losgehen."

„Giorgio und ich, wir überlegen uns schon irgendetwas. Schließlich kann das nicht so weitergehen. Dieses Kleeblatt kann sich nicht einfach alles erlauben. Vielleicht kann uns Klara dann auch noch helfen, wenn sie in den Herbstferien kommt."

Die Mutter sah ihre Tochter besorgt an. „Aber bitte macht nichts Verbotenes, und nichts, wo euch oder den anderen etwas passieren kann! Du kannst auch bis zum Wochenende warten, dann können wir das alles noch mal mit Papa besprechen."

„Nein! Da dürfen sich die Erwachsenen nicht einmischen. Das müssen wir Kinder unter uns ausmachen. Das musst du doch verstehen, Mama!"

„Im Moment verstehe ich noch gar nichts, weil ich keine Ahnung habe, was ihr vorhabt. Ich möchte nur nicht, dass ihr in Schwierigkeiten kommt. Vielleicht kannst du mir doch vorher deine Pläne sagen. Ich will dir ja dann nur einen guten Rat geben, das kann vielleicht helfen. Eine andere Meinung dazu ist doch in einem solchen Fall bestimmt nicht verkehrt."

Tecky lächelte. „Jetzt mach dir doch bitte nicht solche Sorgen, Mama! Wir machen doch nichts Unüberlegtes. Wir wissen schon, wo die Grenzen sind. Es soll ja nur ein kleiner Denkzettel werden. Ein Denkzettel soll zum Denken anregen, damit diese vier überheblichen Schüler einmal von ihrem hohen Ross herunter kommen. So etwas muss auch einfach sein, das sagt selbst unsere Lehrerin."

„Eurer Lehrerin sagt das? Welche denn?"

„Unsere Klassenlehrerin, Frau Biermann! Sie hat uns erst heute wieder ein kleines Beispiel aus einem Aufsatz einer unserer Mitschülerinnen vorgelesen. Und da hörten wir es genauso, wie wir es meinen. Die Vier müssen am eigenen Körper spüren, wie schlimm es ist, so behandelt zu werden, wie sie andere behandeln. Sonst werden sie wahrscheinlich nie aufhören, auf anderen Menschen herum zu hacken."

Frau Kaminski seufzte. „Ich hoffe, du überlegst dir alles gut! Aber ich kenne dich, und deswegen vertraue ich dir."

***

Am Nachmittag meldete sich Giorgio bei Tecky und berichtete vergnügt: „Bist du soweit? Eine Tante von mir bringt uns zur Burg Teck, dort befindet sich auch ein Wanderheim, wo sich die Touristen erfrischen oder auch aufhalten können. Und von dort gibt es einen Abstieg bis zum Sibyllenloch, der Kalksteinhöhle, die du sehen möchtest."

„Wow! Da habe ich aber doppelt Glück. Ich bin gerade mit den Hausaufgaben fertig geworden, und meine Mutter braucht mich heute Nachmittag nicht. Ich sage ihr nur gerade Bescheid, was wir vorhaben." Sie ließ ihn kurz allein an der Tür stehen und verschwand im Haus. Wenige Augenblicke später kehrte sie zurück. „Es ist alles geklärt, meine Mutter weiß Bescheid. Es kann losgehen."

Vor dem Gartentor wartete der Kleinwagen, in dem Giorgios Tante saß und Musik hörte.

Sie begrüßte Tecky fröhlich. „Schön, dich kennen zu lernen, ich heiße Lucia. Giorgio ist mein Patenkind, er hilft mir manchmal mit dem Computer. Bei technischen Dingen ist er einfach Spitze, und ich stelle mich da furchtbar ungeschickt an. Er hat mir erzählt, dass du dich für die Sibylle interessierst?"

Das Mädchen nickte und stieg ein. „Ja, sie interessiert mich. Eine Frau, die andere Menschen so großzügig beschenkt, ist doch etwas Besonderes. Und dann konnte sie auch noch wahrsagen und hellsehen. Das möchte ich auch können."

Lucia lenkte den Wagen langsam aus dem Ort heraus und etwas schneller über die Landstraße.

„Es gibt Leute, die haben so einen Spürsinn", glaubte die junge Frau. „Sie ahnen manchmal viel und können sich auf ihre Intuition verlassen. Ich denke, diese Sibylle war so eine Person."

„Aber vielleicht konnte sie auch wirklich zaubern. Im Mittelalter gab es doch auch Hexen", vermutete Tecky.

„Das kann ich mir nicht vorstellen", entgegnete Lucia. „Ich denke, sie war eine weise Frau, vielleicht so wie die Hildegard von Bingen, die mit ihren Kräutern alle möglichen Krankheiten heilen konnte."

Tecky dachte an Giorgios Mutter. Würde ihr jetzt so eine Frau auch helfen können? Aber immerhin, die Ärzte waren doch zuversichtlich, und gebetet hatte sie auch am vergangenen Abend.

In dem frisch-grünen Mischwald duftete es sommerlich, Lucia ließ das Seitenfenster herunter. „Ich mag diese Luft hier. Dieser Wald hat ein besonderes Aroma. Man kann hier viel besser durchatmen."

Auf dem Parkplatz vor dem Wanderheim hielt die junge Frau an. „Jetzt müsst ihr nur noch unterhalb des Aussichtsturmes etwas hinabsteigen. Von dort ist es nicht weit bis zur Höhle. Wann soll ich euch wieder abholen, Giorgio?"

„Du wolltest noch beim Obstbauern etwas besorgen? Wann kannst du denn wieder hier sein?" „So in zwei Stunden. Passt euch das?" „Das ist super", fand der Junge. „Dann haben wir etwas Zeit, uns in der Höhle umzusehen."

Die Kinder stiegen aus dem Auto und winkten Lucia nach, die sich eilig verabschiedete, um ihre Besorgungen zu machen.

„Jetzt kann es losgehen!" freute sich Tecky. „Ich bin schon so gespannt."

Giorgio ging voran und stieg die Stufen hinab, die vom Burgturm in die Tiefe führten. Der Weg zeigte sich kürzer, als sie dachten. Schon wenige Minuten später entdeckten sie den Eingang der Kalksteinhöhle.

„Meinst du, wir dürfen da einfach so hineingehen?" wandte sich das Mädchen an den neuen Freund.

„Wie meinst du das? Sie ist doch offen. Da ist keine Tür und auch kein Verbotsschild."

Tecky hob die Augenbrauen „Wenn sie ja doch noch mit ihrem Geist herumspukt, müssen wir sie vielleicht erst fragen."

„Ein Geist kann doch überall sein. Aber es könnte auch sein, dass sie gar nicht hierhin zurück wollte. Damals war sie doch auch so enttäuscht von ihren Söhnen, und ist deswegen aus dieser Gegend fortgezogen mit dem großen feuerspeienden Wagen. Möglicherweise gefällt es ihr anderswo besser."

„Ihre Söhne sind doch jetzt nicht mehr hier, sie treiben doch jetzt auch ihr Unwesen nicht mehr in dieser Gegend. Oder meinst du, Cora und ihre Freunde sind Nachkommen dieser Söhne und benehmen sich deswegen so schlecht?"

„Wer weiß?! Jetzt müsste Sibylle doch eigentlich viel mehr Kraft und Energie haben", vermutete Giorgio. „Ich habe eine ganze Menge Tanten in Italien, die sehr stark an Geister und Übersinnliches glauben. Eine von ihnen hat mir einmal erzählt, dass man sogar mit ihnen sprechen kann. Sollen wir sie einmal rufen?"

„Vielleicht können wir leise mit ihr reden", schlug Tecky vor. „Ich bitte sie, sich einmal bei uns bemerkbar zu machen. Gehen wir also einmal in die Höhle hinein!"

Auf Zehenspitzen wagten sich die Kinder in den Innenraum der Kalksteinhöhle. Sie wirkte hell und freundlich, aber wenig geheimnisvoll. Sie stellten sich in eine Ecke, schlossen die Augen und warteten einen Moment ab.

Als sich nichts tat, hob das Mädchen den Kopf und blickte an die Decke. „Gute Sibylle! Wenn du dich irgendwie hier in der Nähe befindest, und du die Möglichkeit hast, dich uns zu zeigen, dann tu es bitte! Wir brauchen deine Hilfe, unbedingt. Du hattest Ärger mit deinen bösen Söhnen, und wir haben Ärger mit Cora, Anna, Niklas und Oliver. Vielleicht kannst du uns helfen und uns einen Rat geben."

Die Kinder warteten eine Weile, aber es tat sich nichts.

„Wir müssen irgendetwas anderes versuchen, aber ich weiß nicht was", bedauerte Giorgio.

Tecky überlegte. „Ich will es noch einmal anders probieren."

Diesmal schloss sie die Augen. „Gute Sibylle! Vielleicht hast du keine Möglichkeit, dich hier mit uns zu unterhalten. Wenn du uns aber einen Rat geben kannst, dann tu es auf einem anderen Wege! Vielleicht gibst du uns die guten Ideen einfach in unsere Gedanken hinein? Oder du schickst sie an andere Menschen, die uns begegnen. Vielleicht kannst du dann durch unsere Freunde oder unsere Eltern sprechen. Am liebsten wäre es uns natürlich, wenn du etwas zaubern kannst. Oder noch besser, wenn ein Wunder geschieht. Wir möchten dich auch nicht drängen. Vielleicht sollten wir dich jetzt erst einmal in Ruhe lassen und abwarten. Deswegen sagen wir jetzt erst einmal Danke, denn vielleicht hast du uns ja schon zugehört."

Die beiden Kinder verhielten sich einen Augenblick lang still, dann wandte sich das Mädchen an Giorgio. „Meinst du, das war gut so? Oder habe ich etwas falsch gemacht?"

„Nein! Das war alles absolut in Ordnung. Ich hätte es nicht besser machen können. Wir sollten vielleicht noch ein paar Minuten abwarten und ganz ruhig sein. Wer weiß, was man so als Geist alles kann und was nicht."

„Also, du meinst, was so eine Seele ohne Körper kann. Darüber habe ich mir bis jetzt auch noch keine Gedanken gemacht. Oder denkst du eher an so etwas wie Gespenster?"

„Nein, an Gespenster denke ich nicht. Ich denke an einen guten Geist. An die Seele der Verstorbenen. Und Sibylle hatte eine sehr gute Seele. Es ist doch bekannt, dass gute Menschen nicht wirklich sterben, sondern, wie man so schön sagt, in den Himmel kommen. Das bedeutet, ihre Seele darf irgendwo weiterleben. Und wenn sie gut waren, die Verstorbenen, dann werden sie so etwas wie Engel oder Schutzengel. So hat es mir meine Tante in Italien erklärt. Dort beschäftigt man sich etwas mehr mit diesen Dingen als hier in Deutschland, habe ich festgestellt."

„Gut, dann lass uns einfach noch eine Weile hier bleiben und schweigen", entschied sie. „Warten wir einfach einmal ab!"

***

Nach einer Viertelstunde unterbrach Giorgio die Stille. „Ich glaube, heute finden wir keinen sichtbaren Kontakt mehr zu dieser Sibylle. Vielleicht sollten wir an einem anderen Tag einmal wiederkommen und es noch einmal versuchen."

Tecky seufzte und nickte ergeben. „Ja, das sollten wir. Aber möglicherweise wird sie auch an einem anderen Ort reagieren. Ich habe sie ja nun gebeten, auch andere Zeichen zu schicken. Möglicherweise schickt sie uns eine gute Idee auf anderem Weg."

„Ja", stimmte ihr der Junge zu. „Ich bin ganz sicher, dass wir eine Antwort bekommen."

Gemeinsam spazierten sie aus der Höhle heraus und erlebten das Sonnenlicht in vollem Glanz.

„Wie schön es doch hier oben ist!" bemerkte Tecky und sah über die Landschaft, die sich ihnen in vielen frischen Farben darbot. Ein sanftes Grün der Wiesen in der Ferne, verschiedene Grüntöne mit leichten Gelbfärbungen des Mischwaldes ringsumher, sanfte blauviolette Farben am Horizont, das alles drängte sich in ihre Augen.

„An diesem schönen Ort kommt man auch auf gute Gedanken", überlegte Giorgio. „Da hatte sich Sibylle den richtigen Platz ausgesucht. Schau nur! Dort drüben kreist ein Vogel, vielleicht ein Bussard. Manchmal möchte ich wie die Vögel so leicht dahinschweben können."

Tecky nickte. „Ja, das Fliegen ist ein Menschheitstraum, und ich glaube, die meisten möchten das können. Was hat es eigentlich zu bedeuten, dass die Sibylle mit einem großen Wagen, einem feurigen, davon geflogen ist? Der Sage nach wurde er von Wildkatzen gezogen."

„Das hört sich wirklich merkwürdig an, und ich habe auch keine Ahnung, was das zu bedeuten hat. Das Feuer, ja. Feuer, das ist Wärme und Kraft und Energie. Die muss Sibylle ja auch gehabt haben, wenn sie so viel Gutes getan hat. Und am Schluss war sie sicher wütend auf ihre Söhne, das gibt dann auch eine Kraft. Aber warum es ausgerechnet Wildkatzen sind, darauf kann ich mir auch keinen Reim machen."

„Da müssen wir uns mal im Internet schlau machen. Ich kenne die Katzen im Märchen nur, wenn sie die Hexen begleiten. Aber Sibylle war eine gute Frau und keine Hexe."

Giorgio zog sein Handy aus der Tasche und tippte darauf herum. Eifrig las er sich einen Text durch und gab dann wieder, was er für interessant hielt. „Aha! Hier habe ich doch etwas gefunden. Der Wagen ist feurig gewesen, und die Tochter des ägyptischen Sonnengottes war auch eine Katze, hat also eine Verbindung zu dem feurigen Wagen der Sibylle. Und hier! Hier habe ich noch mehr gefunden."

Tecky sah ihn erwartungsvoll an. „Noch etwas Wichtiges?"

„Ja, etwas weiter unten im Text steht, dass die Katze auch ein Symbol ist für das Unterbewusstsein. Man erzählt sich in der Sage doch, dass diese geheimnisvolle Frau hellsehen konnte. Und viele sagen, dass diese Begabung aus einer allgemeinen Verbundenheit mit der Welt kommt. So sagte es mir jedenfalls meine Tante aus Italien."

Tecky sah ihn irritiert an. „Das verstehe ich jetzt nicht. Was bedeutet das, „allgemeine Verbundenheit mit der Welt"?"

„Das ist nicht leicht zu erklären. Es gibt ja auch Weltschmerz. Da fühlen sich viele Menschen gleich, wenn sie mit anderen Mitleid haben oder an schlimme Zustände auf der Welt denken. Sie sind dann in gewisser Weise durch ihren Schmerz miteinander verbunden. Oder wenn Menschen in einer Kirche gemeinsam ihre

Fürbitten sprechen. Dann sind sie auch mit ihren guten Wünschen in einer Gemeinschaft. Es ist irgendein gemeinschaftliches Gefühl, das Menschen haben, wenn sie sehr sensibel sind. Dann können sie sich aufeinander einstellen, miteinander empfinden. Dieses Empfinden muss wohl Menschen verbinden, wenn sich einer in den anderen hinein fühlt. Und so in etwa muss sich das mit dem Hellsehen abspielen."

„Also ist das kein Zauber? Dann war Sibylle keine Zauberin?"

„Ich glaube, eher eine weise Frau, die sich auf andere Menschen einstellen konnte."

„Und glaubst du, dass sie uns trotzdem helfen kann?"

„Ja, wenn sie jetzt ein Engel ist, dann hat sie noch mehr Kraft als im Leben, dann ist sie noch feuriger."

Tecky atmete auf. „Gut, denn wir brauchen unbedingt ihre Hilfe. Ich glaube, jetzt müssen wir wieder zurückgehen. Sicher wird deine Tante bald da sein."

Giorgio nickte. „Ja, und für heute haben wir alles getan, was wir konnten. Steigen wir also wieder hinauf!"

In wenigen Minuten hatten die Kinder den Berggipfel erreicht. „Kaum zu glauben, dass der Teckberg 773 Meter hoch ist", fand das Mädchen. „Das finde ich schon enorm. Habt ihr hier im Winter schon Schnee gehabt?"

„Ja, klar. Die Bäume sehen dann auch wie ein Zauberwald aus, aber jetzt im Sommer finde ich es schöner. Wir müssen unbedingt mal diese bekannten Wanderwege gehen, das wird auch sehr interessant für dich werden, denn da kann man viel über den Wald lernen."

„Prima, natürlich, das werden wir machen. Aber zuerst müssen wir einen Weg finden, wie wir das Kleeblatt unschädlich machen."

Schon nach wenigen Minuten entdeckten sie den Wagen von Lucia, der neben ihnen hielt. Die junge Frau winkte ihn zu, hielt an und ließ die Kinder einsteigen.

„Wie war es denn?" erkundigte sie sich bei den beiden.

„Es war schon in Ordnung", berichtete der Junge. „Vielleicht hatten wir uns auch etwas zu viel von unserem ersten Besuch dort versprochen."

„Man muss im Leben oft Geduld haben", wusste seine Tante. „Zum Glück zahlt es sich auch oft aus. Aber wenn ich euch noch einmal hierher bringen soll, könnt ihr mir ruhig Bescheid sagen. Wenn ihr allerdings mehr Zeit habt, könnt ihr auch den Berg allein hinaufklettern. Das macht bestimmt auch Spaß, und ihr werdet einiges entdecken. Es gibt hier viele Tiere im Wald, und ich liebe hier den Gesang der Vögel."

Tecky seufzte. „Im Moment haben wir eben nicht so viel Zeit. Wenn Cora mit ihren Freunden so viel Unheil stiftet, muss man ihr möglichst schnell das Handwerk legen."

„Habt ihr denn schon irgendeine Idee?"

Giorgio schüttelte den Kopf. „Bisher noch nicht. Aber wir denken ganz angestrengt nach."

„Ihr könntet etwas improvisieren. Vielleicht eine kleine Aufführung in der Schule", schlug die Tante vor.

„An was hast du denn gedacht?" fragte der Neffe.

„An ein kleines Theaterspiel. Ihr braucht aber ein paar Personen dazu. Einmal eine Frau, die die Sibylle spielt, und dann natürlich die bösen Söhne. Aber besser wären noch ein paar Kinder dazu. Das wären dann die Leute, die von Sibylle beschenkt und von ihren Söhnen schlimm behandelt werden. Wenn alle Schauspieler sehr dramatisch sind und man ihre Freude und ihre Schrecken deutlich sieht, dann kann das schon einen Eindruck machen."

„Ich glaube nicht, dass sich Cora und ihre Freunde davon beeindrucken lassen", vermutete Giorgio. „Sie müssen schon am eigenen Körper spüren, wie schlimm es ist, wenn einem etwas Böses widerfährt."

„Dann müssen wir doch Streiche spielen", überlegte Tecky. „Wir legen den netten Mitschülern kleine Geschenke unter die Tische, und Cora und ihren Freunden irgendetwas Ekliges."

Lucia verzog das Gesicht. „Damit könntet ihr aber Ärger bekommen. In der Schule könnten euch das die Lehrer übel nehmen. Da habt ihr euch aber wirklich eine schwere Aufgabe vorgenommen. Um einem Menschen einen Denkzettel zu verpassen, muss man auch den richtigen Ort kennen und eine Gelegenheit dazu haben."

„Man könnte ihnen Briefe oder Päckchen schicken", schlug Giorgio vor. „Darin sind dann auch entweder kleine Geschenke oder eklige Dinge, vor denen man sich erschreckt."

„Wird auch nicht klappen", vermutete die Tante. „Die Päckchen kann man zurückverfolgen, und dann bekämt ihr auch wiederum Ärger. Und diese Dinge stehen auch gar nicht so im Bezug zu dem, was das Kleeblatt veranstaltet. Sie machen sich über andere Menschen lustig und zeigen Verachtung für alle, die nicht zu ihrem Kreis gehören. Am besten macht ihr selbst einen Kreis, und gründet eine Gruppe, zu denen die vier auf keinen Fall gehören dürfen. Sie müssen sich auch ausgeschlossen fühlen. Und ihr, in eurer neuen Gruppe macht irgendetwas ganz Tolles."

Tecky atmete auf. „Das klingt einleuchtend. Dann müssten wir uns nur noch überlegen, was wir für eine Gruppe sein wollen. Was wollen wir tun, und was ist unser Thema?"

„Es muss um die Sibylle gehen", fand der Junge. „Sie ist doch diejenige, auf deren Hilfe wir hoffen. Und wir wollen doch auch mit ihrem Motto etwas Gutes tun."

Das Mädchen nickte zufrieden. „Ja, das ist schon mal ein Anfang."

***

Am Abend begrüßte Teckys Vater seine Tochter. „Wie sieht es aus, meine Große? Hast du dich schon etwas eingelebt?"

„Ich habe schon ein paar nette Menschen kennengelernt", erzählte das Mädchen. „Die Nachbarsfamilie Bianchi ist sehr nett und hat einen Sohn, der kaum älter ist als ich. Von seiner Familie kenne ich auch schon die Großmutter, einen Onkel und eine Tante."

Herr Kaminski lachte. „Da hast du dich aber in der kurzen Zeit schon gut umgesehen. Gefällt es dir auch ein bisschen?"

„Klara fehlt mir natürlich sehr, aber wir haben sie schon eingeladen, damit sie mich in den Ferien hier besuchen kann. Allerdings gibt es hier auch sehr ekelhafte Mitschüler."

Sie erzählte dem Vater von den Erlebnissen mit Cora und ihren Freunden und zögerte nicht, ihn über ihre Pläne zu informieren.

„Es ist eine gute Idee, dass ihr diesem Kleeblatt einmal die Stirn bieten wollt", fand der Vater. „Man muss nur immer bei legalen Mitteln bleiben. Aber wenn ihr euch erst einmal als gutwillige Gruppe zusammentut und euch ein schönes Motto ausdenkt, dann ist das völlig in Ordnung."

„Ich denke, wir werden uns diese Sibylle zum Vorbild nehmen. Sie hat den Menschen doch auch so viel Gutes getan. Wir könnten zum Beispiel für Senioren Erledigungen machen, die ihnen selbst Schwierigkeiten bereiten. So eine Art freiwillige Helfer. Mal einkaufen, mal den Rasen mähen und mal den Hund ausführen."

„Die Idee ist gut", fand der Vater. „Dann werdet ihr euch stark von der Gruppe um Cora herum absetzen, und man wird sie immer weniger beachten. Aber ob das schon genügt, um sie auch zu etwas Gutem zu bewegen, das bezweifle ich. Trotzdem, für euch ist es schon einmal ein lobenswerter Anfang."

Tecky nickte. „Ja, es fehlt noch etwas ganz Besonderes. Etwas, das noch nie da gewesen ist. Und deswegen hoffen wir auf die Hilfe der Sibylle."

Sie erzählte von ihrem Ausflug am Sibyllenloch und von ihren Erwartungen.

„Die Sibyllensage ist schon sehr alt", wusste der Vater. „Sie ist schon in einigen Schriften erwähnt worden. Und man hat übrigens damals auch geglaubt, dass sie im Berg nicht nur in einer winzigen Höhle gelebt hat, sondern in einem unterirdischen Reich, das bisher weit in den Berg hinein führte. Dort soll sie auch eine ganze Menge von Schätzen gehabt haben, stets von einem schwarzen Hund bewacht, von denen sie dann den Menschen ringsumher etwas geschenkt hat. Ihre Söhne dagegen, die Raubritter waren, sind bekannt dafür, dass sie alles wieder gestohlen und zerstört haben. Es ist eine schöne Idee, dass ihr jetzt hier wieder etwas gut machen wollt. Das kann euch auch nur die Sibylle eingeflüstert haben."

„Du weißt etwas mehr über diese Sage, Papa?"

„Ja, ich habe mich einmal näher damit beschäftigt. Schließlich wird diese Gegend jetzt in der Zukunft unsere Heimat sein, und um sich hier heimisch fühlen zu können, ist es wichtig, dass wir uns informieren und alles genau kennenlernen. Du hast bestimmt auch von dem feurigen Wagen gehört, in dem die Sibylle damals davongeflogen ist, oder?"

„Ja, darüber haben wir auch schon in der Schule gesprochen. Und Giorgios Oma kennt die Geschichte noch viel genauer. Da waren doch die feurigen Katzen, die den Wagen gezogen haben."

„In der letzten Zeit spricht man von Katzen. Doch in der Zeit davor erzählte man sich, dass der Wagen von feurigen Drachen gezogen wurde, später konnten sich die Leute wohl nicht mehr so damit anfreunden, dass die gute Sibylle etwas mit Drachen zu tun haben sollte. Schließlich einigte man sich auf große Katzen, auf Löwen, und das scheint mir auch sehr wahrscheinlich zu sein."

Tecky sah ihren Vater mit großen Augen an. „Wie kommst du denn darauf, Papa?"

„Die Löwen gibt es sehr häufig in der Geschichte. Man sieht sie oft als Wächter eines Eingangs, die vielen steinernen Löwen. Bei vielen alten Städten haben sie eine Bedeutung, auch in Venedig gibt es den Löwen mit den Flügeln, das wird dir bestimmt dein italienischer Freund heute bestätigen können. Und auch hier in Deutschland gibt es einige Städte, die einen Löwen im Wappen tragen. Das sind königliche Tiere, die Stärke und Majestät und Würde verkörpern. Ein gutes Selbstgefühl und ein Verantwortungsbewusstsein, und einen guten Familiensinn, ja, das alles sagt man dem feurigen Löwen nach. Auch in der Astrologie gehört dieses Tier zu den Feuerzeichen. Und Löwen sind ja schließlich auch große Katzen. So bin ich also zu diesem Ergebnis gekommen."

Tecky lächelte. „Oh! Das muss ich gleich morgen Giorgio erzählen. Das wird er bestimmt auch sehr interessant finden. Und was ist mit dieser Sibylle? Hast du da auch noch etwas mehr darüber gelesen?"

„Der Vater nickte. „Ja. Frauen mit dem Namen Sibylle kennt man auch schon sehr, sehr lange. Das waren schon damals im alten Griechenland weise Frauen. Es wird auch erzählt, dass sie die Geburt von Christus prophezeiten, dass sie davon erzählten, dass ein Retter der Menschheit geboren werden würde."

„Wie ist das denn so mit Weissagungen und Prophezeiungen, Papa? Da steht so vieles in der Bibel. Aber wenn man heute etwas vom Hellsehen hört oder sieht, dann schauen die Leute doch oft recht schief. Was ist denn da überhaupt Wahres dran? Was glaubst du denn Papa?"

„Ich bin sicher, dass es so etwas wie Vorahnungen gibt. Die Zeit hat einen Geist, den Zeitgeist, in dem schwimmen die Menschen gewissermaßen, bildlich gesprochen. Ich stelle mir das immer vor wie ein großes Meer. Alles ist zukunftsorientiert, alles geht immer weiter voran. Und es gibt Trends und Menschen, die sehr visionär sind, wie zum Beispiel der Schriftsteller, der das Buch, die Reise zum Mittelpunkt der Erde geschrieben hat. Oder andere kluge Menschen, die ihrer Zeit voraus waren und etwas erfunden haben, das die Menschen rundherum noch gar nicht kannten. So glaube ich, dass man eben auch Visionen haben kann."

„Das ist also nichts Böses? Was sagt denn der Glaube dazu? Darf man denn so einfach in die Zukunft schauen?"

„Gott hat den Menschen selbst geschaffen. Er hat ihn so gemacht, wie er ist. Und genauso soll er sein. Der Mensch hat seinen Körper und seine Sinne. Und er hat seinen Geist, mit dem er sich erheben kann. Und der Mensch soll alle seine Begabungen und Talente nutzen, die ihm Gott geschenkt hat. Wenn er einem Menschen das Talent gegeben hat, Visionen zu haben, dann ist das nichts Böses. Wichtig ist eben nur, dass er alles, was er mit seinen Talenten macht, zum Wohle seiner Nächsten tut. Vielleicht sprichst du darüber auch noch einmal mit deiner Lehrerin. Ich denke, das Thema passt zu dem Gedicht von Eugen Roth, über das ihr in der Schule gesprochen habt. Es geht darum, dass man alles mit Nächstenliebe tut."

In diesem Augenblick ertönte die Klingel. „Das ist bestimmt Giorgio", vermutete Tecky. „Ich sehe mal nach, ob er das ist."

Sie eilte zur Haustür und öffnete. Auf ihrem Gesicht erschien ein freudiges Strahlen. „Klara! Was machst du denn hier? Wie kommst du hierher?"

„Das ist ganz einfach, mit dem Zug. Ich habe mein Sparschwein geschlachtet. Aber mach dir keine Sorgen! Ich habe meiner Mutter einen Brief hingelegt, damit sie weiß, wo ich bin. Ich konnte es zu Hause einfach nicht mehr aushalten."

Die beiden Freundinnen umarmten sich. „Dann komm erst mal mit herein!" forderte Tecky Klara auf. „Alles andere können wir dann drinnen besprechen."

Herr Kaminski staunte, als seine Tochter die Freundin mit ins Wohnzimmer brachte. „Klara! Du hier? Das ist aber eine Überraschung."

„Ich bin direkt nach der Schule losgefahren", sprudelte es aus Klara heraus. „Und morgen ist Samstag. Am Wochenende haben wir ja keine Schule. Da kann ich auf jeden Fall jetzt erst einmal bei euch bleiben, wenn ihr irgendwo ein freies Plätzchen bei euch im Haus habt."

„Natürlich haben wir Platz genug hier im Haus. Du kannst jetzt erst einmal bei uns bleiben", freute sich Tecky. „Du hast also deine Eltern gar nicht um Erlaubnis gefragt?"

Klara schüttelte den Kopf und sah die Freundin ernst an. „Nein, das habe ich nicht. Sie haben mich ja auch nicht um Erlaubnis gefragt, ob sie sich scheiden lassen sollen oder nicht. Da haben sie mich auch einfach vor vollendete Tatsachen gestellt. Sie sollen ruhig einmal sehen, wie das ist. Sie sollen sich Gedanken machen über mich und über meine Gefühle."

„Deine Eltern werden sich bestimmt telefonisch bei uns melden", vermutete Tecky. „Da bin ich aber neugierig, was sie dazu sagt, dass du einfach fortgelaufen bist. Aber mir soll's recht sein. Ich habe dich schon wahnsinnig vermisst."

„Kann ich erst einmal hierbleiben?" wandte sich Klara an Herrn Kaminski.

Er sah sie freundlich an. „Natürlich. Bei uns ist wirklich genügend Platz. Und jetzt am Wochenende bin ich auch zu Hause, da kann ich meiner Frau auch etwas helfen. Wir werden das schon alles gemeinsam hinbekommen. Wenn sich deine Mutter meldet, kann ich ihr das am Telefon dann auch gleich sagen, damit sie sich keine Sorgen machen muss."

„Die macht sich keine Sorgen", behauptete Klara. „Die ist jetzt mit ihren ganzen Gedanken bei ihrer eigenen Zukunft und macht Pläne für ihr neues Leben."

„Was hat sie denn für Pläne?" wollte Tecky wissen. „Will sie schon wieder umziehen?"

„Nein, sie will erst mal in der neuen Wohnung in Hamburg bleiben. Mein Vater wird ausziehen. Und so wie es aussieht, gibt es da auch einen Mann, der für meine Mutter sehr wichtig ist. Und das ist nicht mein Vater. Ich bin sowas von enttäuscht von meinen Eltern, das kannst du mir glauben."

„Das glaube ich dir aufs Wort", bestätigte ihr die Freundin. „Ich würde auch aus allen Wolken fallen, wenn mir meine Eltern solch eine Neuigkeit mitteilten. Erst zieht ihr um, das ist sowieso schon eine schwierige Sache. Du bist in einer neuen Stadt mit neuen

Schülern, musst dir neue Freunde suchen, und jetzt bekommst du möglicherweise noch neue Eltern. Das ist wirklich das Allerletzte."

„Man wird über alles reden können", versuchte der Vater einzulenken. „Ich glaube nicht, dass Klaras Eltern einfach so leichtsinnig aus einer Laune heraus handeln. Ich kenne sie doch auch ein bisschen, das kann ich mir einfach nicht vorstellen. Aber es passiert nun einmal so, dass sich einige Paare auseinanderleben. Das ist oft für alle Beteiligten schwer und ganz besonders natürlich für die Kinder. Deswegen ist es ganz wichtig, dass man über alles spricht, damit man diese ganzen Entwicklungen verstehen kann. Haben deine Eltern denn nicht mit dir gesprochen?"

„Ach, sie haben mir immer irgendetwas vorgelabert. Es sei so besser für uns Drei. Möglicherweise wissen sie wirklich, was für sie besser ist. Aber sie scheinen auf keinen Fall zu wissen, was für mich besser ist. Kann ich nicht vielleicht ganz bei dir wohnen bleiben, Tecky?"

„Das werden dir deine Eltern bestimmt nicht erlauben", befürchtete die Freundin. „Aber mir kommt jetzt eine Idee. Giorgio, der Nachbarsjunge und ich, wir wollen eine besondere Gruppe gründen, mit der man Menschen helfen kann. Wir haben nur noch nicht das richtige Thema gefunden. Wir könnten Scheidungskindern helfen, damit sie miteinander reden können und sich vielleicht auch gegenseitig ein wenig unterstützen können."

„Und wie willst du an die Scheidungskinder herankommen?" erkundigte sich der Vater.

„Heute geht alles übers Internet", wusste Tecky. „Da müssen wir bloß eine Gruppe gründen und uns bekannt machen. Man kann auch einen Blog schreiben und dort etwas posten, dann bekommt man ziemlich schnell eine Menge Follower."

Klara zweifelte. „Da kann man aber auch ganz schnell an die falschen Leute geraten. Dann schreiben dir irgendwelche Besserwisser einen guten Rat, und haben selbst überhaupt keine Ahnung. Oder es mischen sich Leute darunter, die Kinder kennen lernen wollen und sie dann nachher noch womöglich missbrauchen. Nein, auf diese Weise können sich zu viele Fehler einschleichen. Außerdem würde ich auch nicht von jedem einen Rat annehmen. Von dir vielleicht und von deinen Eltern, aber nicht von irgendwelchen Fremden, die das gar nichts angeht."

„Hm", machte Tecky. „Das sehe ich ein. Willst du denn von uns einen Rat?"

Klara riss die Augen auf. „Eigentlich nicht. Ich brauchte nur jemanden, mit dem ich reden kann. Ändern werde ich ja dann doch nichts können. Meine Eltern werden doch das tun, was sie wollen. Und ich stehe dann am Ende ganz allein da."

Der Vater mischte sich ein. „Das glaube ich nicht. Ich denke, dass dich deine beiden Eltern noch genauso lieben wie eh und je. Sie versuchen jetzt nur, das Leben so neu zu ordnen, dass es für alle Beteiligten irgendwie erträglich wird. Ihr werdet sehr viel miteinander reden müssen, bis jeder den anderen versteht. Aber ich denke, dass deine Mutter und dein Vater doch beide vorhaben, sich weiterhin sehr gut um dich zu kümmern, wenn auch wohl eher dann abwechselnd. Aber natürlich hast du Recht, dir tut das jetzt erst einmal weh, und du bist enttäuscht. Diese Situation ist nicht einfach für dich. Da ist es gut, dass du hierher zu deiner besten Freundin gekommen bist."

Klara atmete erleichtert auf. „Dann bin ich erst einmal beruhigt. Und für deine neue

Gruppe, Tecky, da wird uns schon etwas einfallen. Um was geht es denn da eigentlich?"

„Es geht um die Sibylle, die hier in einer Sage eine große Rolle spielt. Sie hat sogar im Teckberg ihre eigene Höhle." Das Mädchen begann ausführlich, die ganze Geschichte dieser sagenhaften Frau zu erzählen und berichtete von dem Besuch im Sibyllenloch.

„Das ist aber spannend", fand Klara. „Können wir jetzt am Wochenende auch noch einmal diese Höhle besuchen? Vielleicht reagiert sie ja auf mich und mein Rufen?! Du weißt doch, Tecky, dass mir meine Oma schon sehr viel über solche verzauberten Personen erzählt hat. Ich glaube auch an solche Dinge, und das ist immer ganz wichtig, wenn man solch ein Abenteuer erleben will. Man muss sich wirklich darauf einlassen. Und wenn man nicht daran glaubt, dann kann auch nichts geschehen."

Die Freundin lächelte. „Das ist eine gute Idee. Wir werden gleich morgen noch einmal das Sibyllenloch besuchen. Vielleicht haben wir mit dir gemeinsam dann mehr Glück."

***

Nach dem Abendessen telefonierte Frau Kaminski eine ganze Weile mit Klaras Mutter, die sich nach den Aufregungen wegen der verschwundenen Tochter langsam beruhigte. Am Ende des Gesprächs bat sie um ein paar Worte mit Klara und teilte ihr mit, dass sie damit einverstanden sei, wenn sich das Mädchen am Wochenende bei ihrer Freundin aufhalte.

Tecky freute sich. „Das ist doch auch schon ein besonderes Zeichen. Giorgio und ich, wir haben um Hilfe gebeten, damit wir unsere Ideen finden und bald loslegen können. Und jetzt steht plötzlich meine Freundin vor der Tür, die immer schon die besten Einfälle hatte. Wenn das kein spontanes Zeichen ist?!"

Frau Kaminski sah ihre Tochter besorgt an. „Ich weiß nicht, ob deine Freundin jetzt den Kopf so frei dafür hat. Vielleicht möchte sie jetzt lieber einmal über ihre Probleme sprechen."

Klara schüttelte den Kopf. „Ich bin froh, wenn ich einmal für kurze Zeit nichts von den Problemen meine Eltern sehe und höre. Sie sollten wirklich jetzt mal alleine klarkommen, bisher haben sie mich auch weder gefragt noch gebraucht. Hier bei euch ist es wirklich sehr schön, die Landschaft, und dieses Häuschen. Da kann ich mal all den Ärger vergessen. Und diese Sibylle interessiert mich auch schon wahnsinnig."

„Viele Leute im Mittelalter haben nach ihrem Schatz gegraben" wusste der Vater. „Der beste Schatz, den sie vererbt hat, das ist wohl der Gedanke, den Mitmenschen etwas Gutes zu tun."

„Man müsste etwas tun, das allen Menschen hilft", überlegte die Mutter. „Man müsste überall Müll aufsammeln, der herumliegt. Oder vielleicht die Menschen etwas anleiten, mit den Ressourcen der Erde etwas sparsamer umzugehen."

„Das hört sich interessant an", fand Klara. „Das passt in unsere Zeit. Und doch habe ich noch irgendetwas anderes im Kopf. Diese Sibylle hatte ja einen Schatz in der Erde, vielleicht ist es auch nur ein Symbol. Wir müssen uns einmal überlegen, welche Schätze die Erde hat, die Gold wert sind. Vielleicht geht es um irgendwelche Nahrungsmittel?"

Tecky verzog das Gesicht. „Das glaube ich nicht. Wir haben keine Apfelplantage und kein Kartoffelfeld, von denen wir die Früchte verschenken könnten. Und selbst das

Holz im Wald kostet Geld. Wir sind leider keine reichen Leute, daher haben wir auch keine Güter, die wir verschenken könnten. Das einzige, was wir haben, ist unsere Zeit, die wir für besondere Zwecke abzwacken könnten."

„Wenn man so krampfhaft darüber nachdenkt, fällt einem nichts ein", fand Klara. „Es ist besser, wenn wir diese Gedanken einmal ganz loslassen. Ich denke, wenn wir morgen wieder in die Höhle gehen, können wir uns besser inspirieren lassen. Vielleicht ist es aber deinem neuen Freund Giorgio gar nicht recht, wenn ich mit euch gehe."

„Ich bin sicher, dass er nichts dagegen hat", vermutete Tecky. „Aber es ist noch gar nicht so spät. Ich könnte ihm gerade noch Bescheid sagen. Ich werde schnell hinübergehen. Möchtest du mit mir kommen, Klara?"

Die Freundin schüttelte den Kopf. „Nein, lieber nicht. Wenn er mich sieht, sagt er vielleicht aus lauter Höflichkeit „Ja". Aber wenn du ihn ganz unverfänglich fragst, ohne dass ich dabei bin, kann er die Wahrheit sagen, auch wenn er mich nicht dabei haben möchte."

Klara blieb bei den Eltern der Freundin zurück, während Tecky rasch hinüberlief und an der Haustür der Bianchis klingelte.

Ein junger Mann öffnete die Tür und sah das Mädchen erstaunt an. „Du bist bestimmt das Mädchen von nebenan, von dem uns mein kleiner Bruder schon erzählt hat."

Tecky nickte. „Ja, wir sind gerade dort eingezogen. Ist vielleicht dein Bruder Giorgio zu Hause? Er hatte heute Training beim Fußball. Ich muss ihn nur ganz kurz etwas fragen."

„Natürlich. Er ist schon seit einer Weile wieder da. Möchtest du hereinkommen?"

Das Mädchen schüttelte den Kopf. „Nein, ich habe Besuch. Es ist nur eine ganz kurze Frage."

„Gut, dann hole ich ihn sofort. Einen schönen Abend noch!"

Er verschwand, und wenige Augenblicke später erschien Giorgio.

Er lachte. „Du hast eine Frage? Das muss etwas Wichtiges sein, wenn du deswegen extra herüber gekommen bist. Ist etwas nicht in Ordnung?"

„Wir könnten uns ja sonst auch mit dem Handy verständigen. Aber ich habe gedacht, es geht schneller, wenn ich mal ganz kurz zu dir gehe. Vielleicht hast du es schon gesehen? Vorhin ist meine Freundin Klara ganz überraschend hier angekommen. Sie wird auch das Wochenende bei uns bleiben. Im Moment gibt es in ihrer Familie ein paar Probleme, da braucht sie ein bisschen Unterstützung von uns. Hast du etwas dagegen, wenn wir morgen zu dritt zum Sibyllenloch gehen? Meine Freundin hat eine sehr gute Beziehung zu alten Sagen und Märchen. Ihre Oma hat ihr da so manches erzählt."

Giorgio überlegte nicht lange. „Warum sollte ich etwas dagegen haben? Denn wenn du glaubst, dass sie uns helfen kann, dann kommt sie doch jetzt genau richtig. Wir haben Sibylle um jede Hilfe gebeten. Und vielleicht ist deine Freundin so sensibel und empathisch, dass sie dort die richtige Idee bekommt."

Tecky freute sich. „Das ist prima. Wir haben nämlich eben alle zusammen überlegt, mein Vater, meine Mutter und ich. Klara hat uns dabei geholfen. Aber wir haben festgestellt, dass es manchmal nichts hilft, wenn man so viel nachdenkt, bis einem der Kopf raucht. Manchmal bringt das alles nichts. Da ist uns nichts eingefallen, was wir im Namen der Sibylle tun könnten."

Er lachte. „Ich habe eben auch schon mit meinem großen Bruder darüber gesprochen. Er hatte auch keine zündende Idee. Und dann kam Carlo dazu, und er hat gesagt, das ist doch ganz einfach, ihr müsst den Leuten einfach im Garten helfen. Aber das hat er nur gesagt, weil sich meine Mutter immer beschwert, dass ihr die Gartenarbeit zu viel wird."

„Ja, Gartenarbeit ist wirklich anstrengend", fand auch Tecky. „So viel Kraft haben wir ja auch nicht. Und die meisten Leute wollen auch am liebsten alles selber machen. Manchen macht das sogar Spaß. Außerdem weiß man gar nicht so richtig, wie das jeder so haben will. Das werden wir nicht umsetzen können."

Giorgio nickte. „Wir haben natürlich Carlos Gedanken auch zum Anreiz genommen, um damit noch ein bisschen herumzuspielen. Franco meinte, man könnte den Leuten vielleicht auf dem Friedhof helfen. Aber auch da sind die Menschen bestimmt zu pingelig, man weiß nicht, wie man es ihnen recht machen soll. Und es gibt ja auch eine Grabpflege, die von Gärtnereien übernommen wird. Nein, da müssen wir uns schon noch etwas anderes einfallen lassen."

„Gut! Dann werden wir morgen erst noch einmal die Höhle inspizieren. Lassen wir uns überraschen, ob Klara dort die zündende Idee bekommt. Jedenfalls haben wir schon eine ganze Menge Leute auf unserer Seite. Meine Eltern finden die ganze Sache auch sehr gut."

„Mit meinen Eltern habe ich noch nicht darüber gesprochen", berichtete der Junge. „Ich glaube, sie sind im Moment sehr mit ihren eigenen Gedanken beschäftigt. Du weißt es ja, die Krankheit meiner Mutter. Auf der einen Seite ist es gut, wenn sie sich etwas ablenkt, aber auf der anderen Seite hat sie natürlich auch sehr viele Termine, damit es ihr bald besser gehen wird."

„Das wünsche ich für deine Mutter, Giorgio! Ich werde morgen mal in eine Kirche gehen und eine Kerze anzünden, das macht meine Oma auch immer, wenn jemand krank ist."

„Meine auch. Das ist gut, denn ich glaube auch fest daran, dass sie wieder ganz gesund wird. Dann bestell deiner Freundin Grüße von mir, und ich sag mal: bis morgen!"

„Danke, das mache ich!" Tecky lächelte ihm noch einmal ermutigend zu, winkte kurz und und rief ihm ein „Ciao" zu.

***

Am anderen Morgen regnete es, aber gegen Mittag rissen die Wolken auf und die Sonne lugte vorsichtig hervor. Vater und Mutter Kaminski brachten Giorgio, Tecky und Klara mit dem Auto zur Burg Teck, dort auf dem großen Parkplatz trennten sich ihre Wege. Während die Kinder den Weg hinab zum Sibyllenloch kletterten, spazierten die Eltern durch den grünen Mischwald.

Klara zeigte sich zunächst enttäuscht, als sie das Innere der Höhle betrat. „Das habe ich mir aber viel gespenstischer vorgestellt, oder vielleicht auch zauberhafter. Da kann ich mir schon vorstellen, dass es dem Geist der Sibylle jetzt anderswo besser gefällt. Und nach Schätzen sieht es hier auch nicht aus."

„Du musst nur einen Augenblick warten!" schlug Tecky vor. „Diesen Eindruck hat man nur ganz am Anfang so. Wenn du ein bisschen die Augen schließt, nimmst du hier andere Stimmungen wahr."

„Ich werde es versuchen", antwortete Klara und schloss die Augen.

Giorgio und Tecky folgten ihrem Beispiel.

Sie hörten von draußen den Vogelschrei eines kreisenden Vogels, dessen Ruf einen fordernden Ton hatte.

Nach wenigen Minuten der Stille begann Klara, laut eine Bitte zu formulieren: „Liebe Sibylle! Wenn du uns hörst, dann wäre es schön, wenn du dich uns zeigen könntest! Und wenn du dich nicht zeigen kannst, dann mach dich bitte irgendwie bemerkbar, damit wir erfahren können, ob du uns helfen kannst und willst."

Als sich nichts tat, fügte sie nach einer Weile hinzu: „Glaub uns, wir wollen hier keinen Spaß mit dir machen. Wir brauchen wirklich deine Hilfe, denn wir wollen es dir nachmachen. Wir möchten auch unseren Mitmenschen etwas schenken oder ihnen helfen, so wie du es getan hast. Sicher verstehst du uns, denn es kann doch nicht angehen, dass mit deinem Wirken alles vorbei ist. Irgendjemand muss doch deine Nachfolge antreten. Bitte gib uns irgendwie Zeichen."

In diesem Augenblick fegte ein Windstoß ein paar Blätter in den Eingang der Höhle. Bei dem leicht rauschenden Geräusch öffneten die Kinder ihre Augen und blickten freudig überrascht auf den Boden.

„Das ist auf jeden Fall ein Zeichen", fand Klara. „Jetzt müssen wir nur noch herausfinden, was das bedeutet."

„Es erinnert mich sehr stark an die Vorschläge meines kleinen Bruders", überlegte Giorgio. „Der meinte, wir sollten Menschen bei der Gartenarbeit helfen oder vielleicht bei der Grabpflege. Vielleicht sollten wir irgendwo Blätter wegkehren."

Klara schüttelte den Kopf. „Das glaube ich nicht. Das ist doch nichts Besonderes. Die Blätter sind sicher nur ein Symbol."

Tecky atmete tief. „Vielleicht ist damit Papier gemeint. Blätter aus Papier. Vielleicht sollen wir Menschen etwas schreiben, irgendwelche netten Botschaften oder Briefe. Vielleicht jedem einen schönen Spruch oder einen Satz aus der Bibel. Oder vielleicht ein gutes Gedicht."

„Und wie stellst du dir das genau vor?" erkundigte sich Giorgio.

„Wir holen uns einen Block, suchen uns schöne Sprüche heraus oder Gedichte, schreiben sie auf einzelne Blätter, legen sie gefaltet in einen Umschlag und verteilen sie an Menschen, von denen wir glauben, dass sie damit etwas anfangen können."

„Das ist gar keine so schlechte Idee", fand der Junge. „Ich habe so etwas Ähnliches einmal gesehen, als ich mit meiner Oma in der Kapelle eines Krankenhauses war. Dort stand ein Körbchen mit zusammengefalteten Zetteln. Sie waren farbig und zusammengefaltet zu einem winzigen Format, sodass sie in jedes Portmonee hinein passten. Wenn man sie öffnete, konnte man darin einen tröstenden Spruch lesen. Ich glaube, darüber haben sich die Menschen im Krankenhaus gefreut. Denn die brauchen oft Trost und Hoffnung."

Teckys Augen leuchteten auf. „Das wäre doch auch etwas für deine Mutter, Giorgio! Sie ist doch auch schwer krank und braucht viel Hoffnung. Solch ein Spruch könnte etwas für sie bedeuten."

Klara überlegte. „Ich glaube, das wäre sogar etwas für meine Eltern. Vielleicht würden sie einmal aufhören, sich ständig herum zu streiten. Vielleicht kämen sie dann einmal zum Nachdenken."

„Aber von einem guten Spruch ließe sich das böse Kleeblatt mit Cora bestimmt nicht beeindrucken", vermutete Giorgio.

„Natürlich gibt es auch solche Sprüche wie: „Übermut tut selten gut". Aber ich glaube, das würde sie gar nicht berühren."

„Ja, für das Kleeblatt müssen wir uns sicherlich noch etwas Stärkeres ausdenken. Mit einem Spruch ist es da sicher nicht getan. Es sei denn, wir finden heraus, wo sie ihren wunden Punkt haben."

„Sie sind ehrgeizig und wollen immer Sieger sein", wusste der Junge. „Du könntest sie schon von ihrem Thron holen, Tecky!"

„Und wie stellst du dir das vor?"

„Du regst die ganze Klasse an, diese Sibyllen-Gruppe zu gründen, das wird den meisten deiner Mitschüler gefallen. Und natürlich wirst du diejenige sein, die die Gruppe leitet. Das wird Cora und ihren Freunden bestimmt nicht gefallen. Und wenn sie dann noch hören, dass die Leute im Ort nett über euch reden, dann wird ihnen das ihre Laune schon verderben."

„Hm", machte das Mädchen. „Eigentlich will ich sie ja nicht ärgern. Ich will ihnen nur zeigen, wie schlimm es ist, wenn man zu anderen nicht nett ist."

„Die Gelegenheit bekommst du vielleicht später dann immer noch", fand Klara. „Aber ein Anfang wäre wirklich schon einmal gemacht, wenn du einige aus deiner Klasse auf deiner Seite hättest. Vor allen Dingen werden die, über die Cora jetzt lacht, in deiner Gruppe anerkannt sein. Damit steuerst du schon einmal ihrem unverschämten Wirken entgegen."

Tecky nickte. „Ja, Sibylle hat uns auch erst einmal nur viele kleine Blätter geschickt. Vielleicht bedeutet das auch, dass wir ganz klein anfangen müssen, mit den kleinen Dingen und mit kleinen Verbesserungen."

„Das sagt meine Oma auch immer", berichtete Giorgio. „Die meisten Menschen wollen immer nur das ganz Große erreichen. Aber sie sagt, jeder Mensch sollte vor seiner eigenen Haustür kehren, sollte bei sich erst einmal ganz im Kleinen anfangen, die Welt zu verbessern.

Und sie meint, für die kleinen Dinge brauchte man auch viel mehr Mut. Es sei eben immer viel schwerer über den eigenen Schatten zu springen."

Tecky lachte. „Da hast du schon zwei Sprüche erwähnt, die wir zu Papier bringen können. Ich denke, es wird uns sogar Spaß machen, geeignete Worte zu finden. Und ich habe sogar noch eine ganze Menge Briefumschläge und einen schönen Block zu Hause. Wir können nachher direkt loslegen."

Klara stellte sich in die Mitte der Höhle. „Liebe Sibylle! Vermutlich hast du das alles jetzt mitgehört. Wenn das so deine Idee ist, dann können wir schon einmal damit anfangen. Kannst du uns jetzt vielleicht noch einmal ein paar Blätter schicken?"

Die Kinder warteten eine Weile, aber es tat sich nichts.

„Gut. Dann warten wir einfach auf das nächste Zeichen", beschloss Tecky. „Wir klettern einfach wieder zum Parkplatz hoch und warten auf meine Eltern."

Als sie die Höhle verließen, blieb auch Klara noch einmal überwältigt von dem herrlichen Ausblick stehen. „Selbst wenn diese Sibylle längst woanders ist, man kann verstehen, dass dieser Ort hier viele Menschen anlockt."

Giorgio staunte. „Du glaubst also nicht, dass du eben ein Zeichen von Sibylle bekommen hast?"

„Oh doch!" wehrte Klara ab. „Natürlich glaube ich das. Aber ich glaube, dass es für so eine engelhafte Frau kein Problem ist, in wenigen Sekunden mal hier und mal dort zu sein. Vielleicht wohnt sie jetzt wirklich woanders. Vielleicht ist ihre Seele in irgendeinem anderen Himmel. Aber ich denke, man kann sie rufen, und wenn sie will, wird sie dann auch in Sekundenschnelle kommen. Du weißt doch, wie schnell der Ton und das Licht sind. Wenn du mit jemanden telefonierst, der in Amerika wohnt, hörst du seine Stimme doch auch sofort, obwohl er am anderen Ende der Erde ist."

Der Junge nickte. „Ja, okay. Das ist schon klar."

Sie kletterten nacheinander die Stufen hoch und warteten auf Teckys Eltern.

***

Die Kinder mussten nicht lange warten, bald nahte das Auto der Familie Kaminski und Teckys Vater am Steuer hielt den Wagen an.

„Habt ihr etwas Besonderes erlebt?" erkundigte sich Frau Kaminski, nachdem die Kinder eingestiegen waren.

„Ein Windstoß brachte uns ganz plötzlich heruntergefallene Blätter", berichtete Klara. „Und zwar ganz kurz, nachdem ich Sibylle gerufen hatte." Sie erzählte mit wenigen Worten, zu welchen Ideen sie sich dadurch angeregt fühlten.

„Das hört sich gut an", fand Teckys Vater. „Das ist bestimmt schon einmal ein Anfang. Wir haben unseren Spaziergang auch etwas abgekürzt, weil im Haus doch noch Kleinigkeiten einzurichten sind. Die eine oder andere Lampe, das eine oder andere Bild, da will ich versuchen, den Samstag noch etwas auszunutzen."

Er setzte den Wagen in Gang und fuhr in mäßigem Tempo den Berg hinunter.

Plötzlich meldete sich Tecky. „Bitte! Bitte fahr nicht so schnell! Hier gibt es bestimmt auch Rehe, die manchmal die Straße überqueren."

„Eigentlich sieht man die hier nur morgens oder abends", wandte der Vater ein.

Trotzdem drosselte er das Tempo. Als sie die nächste Kurve passiert hatten, stockte den Insassen des Autos der Atem. Mitten auf der Straße stand ein großes Reh. Als es den Wagen sah, hüpfte es eilig davon, es sprang fast so hoch wie ein Känguru und war im nächsten Moment wieder verschwunden.

Die Mutter sah ihre Tochter an. „Was war das jetzt, Tecky? Hast du eine Vision gehabt? Das finde ich jetzt wirklich merkwürdig."

Ihre Tochter schüttelte den Kopf. „Nein. Ich hatte nur so ein komisches Gefühl, und da ist es mir gerade so in den Sinn gekommen."

„Das war bestimmt das Werk der Sibylle", bemerkte Klara.

„Was auch immer das jetzt war. Das Reh und wir haben auf jeden Fall Glück gehabt." Betont langsam setzte Herr Kaminski den Rückweg fort, der ohne weitere Zwischenfälle verlief.

Am Ziel angekommen verabschiedete sich Giorgio. „Danke fürs Mitnehmen! Ich muss gerade einmal schnell zu meinen Eltern und hören, ob irgendeine Arbeit auf mich wartet. Falls ich Zeit habe, melde ich mich gleich noch mal zum Sprüche schreiben."

Tecky nickte. „Super, dann schnüffeln wir schon einmal in klugen Büchern herum, und natürlich auch im Internet. Wir werden schon alles vorbereiten."

Die übrigen Heimkehrer betraten das neubezogene Haus.

Klaras Telefon meldete sich. Das Mädchen schaute kurz auf das Display und wandte sich dann ab.

„Willst du nicht drangehen?" erkundigte sich Tecky.

„Ach nein, das war nur meine Mutter. Es ist gut, wenn sie einmal merken, wie es ohne mich ist. Ich kann jetzt wirklich nicht mit ihr sprechen."

Frau Kaminski blickte das Mädchen besorgt an. „Wenn ihr jetzt gute Taten vollbringen wollt, dann sind das aber auch nicht immer die großen, das habt ihr doch vorhin selbst gesagt. Dann muss man auch mal im Kleinen über seinen Schatten springen. Willst du deiner Mutter nicht wenigstens sagen, dass es dir gut geht?"

Klara verzog das Gesicht. „Das kann sie sich doch denken. Sie weiß doch, dass es mir hier gut geht. Wahrscheinlich will sie sich nur mal wieder bei mir ausheulen. Ich werde sie später anrufen. Das reicht auch noch."

„Vielleicht will sie hierher kommen?" überlegte Tecky.

„Um Himmels willen, nein!" rief die Freundin aus. „Ich möchte an diesem Wochenende wirklich hier bei euch allein sein. Das muss ich aber dann verhindern. Das wäre ja wirklich das Allerletzte. Wie sollten wir dann noch für die gute Sibylle arbeiten?!" Eilig rief sie ihre Mutter zurück und vergewisserte sich, dass sie sich in Hamburg befand und auch nicht daran dachte, diesen Ort in den nächsten Tagen zu verlassen.

***

Nach dem Abendessen meldete sich auch Giorgio wieder bei der Familie Kaminski. Er hatte das Poesiealbum seiner Großmutter dabei, in denen sie viele gute Sprüche fanden. Tecky suchte im Internet einige gute Gedanken heraus, und Klara durchforstete die Bibel.

Zwei Stunden später zählten sie die fertigen Umschläge, die schon einige Namen trugen, und betrachteten die dazugehörigen Sprüche auf weißen Blättern, in Schönschrift geschrieben. Da gab es einen Brief für Klaras Mutter, und einen für Klaras Vater, einen Umschlag für Giorgios Mutter und einen für seinen Vater. Insgesamt lagen 24 Umschläge auf dem Tisch.

Für Klaras Mutter hatte die Tochter etwas ausgesucht, das jeder kannte, den Kindern aber zuerst etwas banal erschien: „Warum in die Ferne schweifen, sieh das Gute liegt so nah! Lerne nur das Glück ergreifen, denn das Glück ist immer da."

„Das sollte sich meine Mutter einmal vor Augen führen!" bemerkte Klara dazu. „Es passt einfach."

Für ihren Vater hatte sie im Poesiealbum den Satz gefunden: „Wünsche, wie du, wenn du stirbst, wünschen wirst gelebt zu haben!"

Giorgio hatte für seine Mutter einen Spruch aus der Bibel gefunden. Der Psalm (62, 6-7) lautete: „Aber sei nur stille zu Gott, meine Seele, denn er ist meine Hoffnung. Er ist mein Fels, meine Hilfe und mein Schutz, dass ich nicht wanken werde."

Für Herrn Bianchi hatte Tecky etwas herausgesucht: „Darum tröstet euch untereinander und einer erbaue den anderen, wie ihr auch tut (Thessalonicher 5,11)."

Für die Nachbarn hatten sie aufmunternde Sprüche von verschiedenen Dichtern im Internet zusammengesucht.

Klara atmete auf. „So, der erste Schritt ist getan. Jetzt wird es bestimmt irgendwie weitergehen."

„Es hat richtig Spaß gemacht", fand Tecky.

Giorgio nickte. „Beim Schreiben habe ich mir immer vorgestellt, was für erstaunte Augen die Leser machen werden, wenn sie ihren Brief bekommen."

„Und wer hat jetzt Lust auf eine Tasse heiße Schokolade?" erkundigte sich Tecky.

„Lieber eine Apfelschorle", wünschte sich Klara und Giorgio hoffte auf eine Limonade.

„Wird gemacht!" rief die Gastgeberin vergnügt aus und verschwand in die Küche, in der die Mutter noch werkelte.

„Kommt ihr voran?" erkundigte sich Frau Kaminski.

„Oh ja! Und es macht richtig Spaß. Ich hätte niemals gedacht, dass so etwas genauso viel Spaß macht, wie ein harmloser Streich. Ja, eigentlich noch mehr. Aber ganz zufrieden bin ich doch noch nicht. Diese Sibylle hat doch ganz anders helfen können. Was hatte sie für Schätze in ihrem unterirdischen Reich! Sie konnte aus dem Vollen schöpfen und die Armen beschenken." Sie seufzte.

Die Mutter hob die Schultern. „Wer weiß? Wenn ihr jetzt diesen Sibyllenclub gründet, vielleicht ist er in ein paar Jahren schon ein Verein geworden, mit einer richtigen Vereinskasse. Und wer weiß, bis dahin gibt es vielleicht auch einige Spender, denen diese Idee gefällt. Natürlich könntet ihr dann auch einmal große Firmen fragen, ob sie etwas für den Spendentopf haben. Bis dahin müsst ihr euch aber genau ausdenken, welche benachteiligten Menschen ihr fördern wollt."

Spontan umarmte Tecky ihre Mutter. „Das ist eine Super-Idee."

Mit einem Tablett und den gewünschten Getränken stürmte sie in ihr Jugendzimmer und berichtete den Freunden von den

Gedanken an einen Club und den späteren Verein.

„Das muss gefeiert werden", fand Klara. „Kommt! Lasst uns anstoßen! Auf Sibylle! Und auf unsere guten Teamarbeiten in der Zukunft."

***

Nachdem sich Giorgio verabschiedet hatte, legten sich die Mädchen auch bald ins Bett, aber sie fanden erst nach Mitternacht in den Schlaf.

Als der Morgen kam, erwachten sie fast gleichzeitig, und während Klara noch verschlafen gähnte, sprang Tecky schon munter aus dem Bett.

„Ich muss dir unbedingt meinen Traum erzählen. Es war so merkwürdig, fast so, als ob ich es wirklich erlebe."

Klara rieb sich die Augen. „Was war es denn? Irgendetwas mit Sibylle?"

„Ja. Natürlich. Vermutlich finden das alle auch ganz normal, weil wir gestern den ganzen Tag darüber gesprochen haben, und uns so viel darüber durch den Kopf geht. Aber es war ganz eigenartig, denn Sibylle stand plötzlich vor mir, ganz so, wie der Maler Michelangelo sie in der sixtinischen Kapelle in Rom gemalt hat. Sie trug einen blauen Umhang, auch über dem Kopf das blaue Tuch und hatte einen Stirnreif. Und in der Hand hielt sie auch eine große Papyrus-Rolle mit ganz vielen Schriftzeichen darauf. Ich bin ganz mutig zu ihr gegangen und habe sie gefragt, ob ich einmal lesen darf, was sie dort geschrieben hat.

Da hat sie auf einmal zu mir gesprochen und gesagt. „Das habe ich nicht geschrieben. Es ist das Gesetz der Menschen. Nicht das Gesetz, das sich die Richter oder Politiker ausgedacht haben. Nicht das Gesetz, das ein Volk oder ein Mensch gemacht hat. Nein, es ist das Gesetz, nach dem der Mensch gemacht wurde."

Ich habe sie gefragt, ob ich das mal lesen darf, aber sie hat mir geantwortet. „Das geht nicht. Du musst es selbst herausfinden." Ich wollte sie noch weiter ausfragen, aber da war sie plötzlich verschwunden. Kannst du mir vielleicht sagen, was das zu bedeuten hat?"

„Na ja, es ist wirklich kein Wunder, dass du von ihr geträumt hast. Du denkst ja auch an nichts anderes. Und das Bild von dieser Delphica haben wir vor einiger Zeit noch im Geschichtsunterricht gesehen. Das hattest du bestimmt noch im Kopf. Ich kann mir auch erklären, warum du geträumt hast, dass sie dir die Papyrus-Rolle nicht gegeben hat. Wir fragen sie ja auch ständig, die Sibylle von Teck, und sie gibt uns mehr Rätsel auf als Antworten. Das haben wir doch auch gestern erlebt."

Tecky schüttelte leicht den Kopf. „Nein, damit bin ich noch nicht zufrieden. Das, was sie gesagt hat, ist doch wirklich sehr merkwürdig. Ein Gesetz, nach dem der Mensch gemacht ist. Darüber haben wir doch wirklich nicht gesprochen."

„Vielleicht nicht laut darüber gesprochen, aber möglicherweise hast du darüber nachgedacht, als du dir Gedanken über Cora und das böse Kleeblatt gemacht hast. Vielleicht hattest du dann im Hinterkopf: Warum ist sie so böse? Hat sie etwas Böses in den Genen? Ist sie von ihren Eltern falsch erzogen worden? Solche Gedanken sind dir doch bestimmt auch durch den Kopf gegangen."

Tecky atmete tief. „Daran habe ich nicht wirklich gedacht. Wenn ich an diese Person denke, wünsche ich mir nur immer, dass ich sie ändern könnte. Ich kann mir irgendwie nicht vorstellen, dass es Menschen gibt, denen es Spaß macht, gemein zu sein."

„Es ist auch nur schwer verständlich. Aber es passt wieder zu deinem Traum. Dort hat deine Sibylle gesagt: Der Mensch ist nach einem Gesetz gemacht. Ja, seitdem er das Paradies verlassen hat, kann er sich zwischen Gut und Böse entscheiden. Er hat wohl im Innern ein Teufelchen, die einen mehr, die anderen weniger, und gegen diesen muss man wohl hier in diesem Leben ankämpfen. Und das Böse war vielleicht früher auch gar nicht mal so schlimm. Die frühen Menschen mussten einfach versuchen, zu kämpfen, um zu überleben. Da konnten sie manchmal nicht brav oder zimperlich sein. Aber einige Menschen benehmen sich eben auch heute noch so, als müssten sie sich überall herumschlagen. Und zu denen gehört eben auch Cora."

„So muss es wohl sein", stimmte Tecky zu. „Dann werden wir einmal so weitermachen. Und zuerst gibt es eine schöne Dusche und danach ein leckeres Sonntagsfrühstück."

***

Nach dem Frühstück verteilten die beiden Mädchen die Briefumschläge in die unterschiedlichen Briefkästen. Als sie fertig waren, sah Klara die Freundin betrübt an. „Gleich fährt schon wieder mein Zug nach Hause. Ich habe gar keine Lust. Am liebsten würde ich hier bei dir bleiben. Vielleicht frage ich meine Mutter einmal, ob sie nicht vielleicht doch hierhin ziehen möchte."

„Du kannst gern in den Herbstferien wieder zu uns kommen", versuchte Tecky die Freundin zu trösten. „Ich fürchte nämlich, dass deine Mama dort ihre neue gute Stelle nicht aufgeben wird."

Klara seufzte. „Das fürchte ich auch. Sie wird dort auch sehr viel Geld verdienen."

Tecky legte den Arm um ihrer Freundin. „Ist deine Mutter denn wenigstens nett zu dir?"

„Ja, da kann ich mich nicht beklagen. Sie hat nur viel zu wenig Zeit, um sich mal mit mir richtig auszusprechen. Ansonsten habe ich ja gar nichts dagegen, wenn ich meine eigenen Sachen machen kann. Aber ich kann es einfach nicht verstehen, dass meine Eltern beide nicht mehr um die Partnerschaft kämpfen. Einfach so auseinandergehen, das kann man doch nicht machen."

„Das muss sie dir wirklich näher erklären", fand Tecky. „Das ist sie dir schuldig."

„Ja, gestern Abend hat sie mir das am Telefon versprochen. Sie will mich heute Abend zum Essen einladen und ein langes, klärendes Gespräch mit mir führen. Das Einzige, was sie mir schon mitgeteilt hat, ist, dass die ganze Sache schon viel länger gegangen ist. Sie haben mir nur nichts davon gesagt, um mich zu schonen. Aber das ist falsch gewesen, ich hätte mich sonst viel besser darauf vorbereiten können. Sie meinte, sie hätten es sehr lange immer wieder miteinander versucht."

Tecky seufzte. „Wie soll man sich das nur vorstellen? Da haben sich die beiden mal geliebt und gern gehabt und wahrscheinlich auch noch vor dem Altar gesagt, dass sie nie auseinandergehen werden, und nun so etwas! Ob sie sich selbst dann überhaupt noch irgendetwas glauben können?"

„Sie meinte, das hätte man nicht voraussehen können. In den 13 Ehejahren hätten sie sich ganz auseinander entwickelt. Komisch finde ich das, aber ich habe gehört, dass in der heutigen Zeit jede zweite Ehe geschieden wird."

Tecky schüttelte den Kopf. „Wenn man eine Familie hat, sollte man das einfach immer wieder probieren. Wie auch immer soll man sich das überhaupt vorstellen, ein Auseinanderentwickeln? Haben sich denn deine Eltern so stark verändert?"

Klara überlegte. „In meinen Augen überhaupt nicht. Ich kann mir nichts darunter vorstellen. Sie machen wie eh und je gemeinsam den Haushalt und beide gehen arbeiten. Ja, vielleicht sind sie jetzt etwas ehrgeiziger als früher, und sie haben irgendwie das Gefühl, etwas verpasst zu haben. Sie wollen beide in ihrer Freizeit mehr das tun, was man nicht mit dem Partner machen kann. Aber das sagt mir einfach nur, dass sie sich nicht mehr so gern haben. Kann sich Liebe abnutzen oder verbrauchen?"

Tecky lachte kläglich. „Irgend so etwas muss es sein. In den Romanen, die ich lese, ist das immer anders. Da gibt es immer ein Happy End, und das ist die Hochzeit."

„Aber in der Wirklichkeit ist das anders, da fängt wohl danach der Ärger erst an, bei vielen jedenfalls. Man müsste in der Schule einmal darüber sprechen, und zwar in einem besonderen Schulfach. Dann wäre man ein bisschen darauf vorbereitet."

„Da fällt mir gerade etwas ein. Die Sibylle hatte doch drei Söhne, die so ganz anders waren als sie. Aber in der Sage ist von keinem Mann die Rede, und auch nicht von einem Vater."

Klara nickte. „Richtig, das habe ich noch gar nicht bemerkt. Dann ist ja wahrscheinlich Sibylles Mann ein sehr schlimmer Raubritter gewesen. Von dem haben dann die Söhne all das Schlechte geerbt. Und der Vater ist bestimmt irgendwo bei einem Kampf gestorben. Sicher war dann die Sibylle sehr froh, dass wenigstens der böse Mann keinen Schaden mehr anrichten konnte."

„Vielleicht finden wir irgendwo in einem Buch noch Unterlagen darüber. Ich werde hier mal in allen Orten recherchieren", nahm sich Tecky vor.

„Vielleicht sollte man gar nicht heiraten", überlegte Klara.

„Im Moment scheint es bei meinen Eltern gut auszusehen", fand die Freundin. „Und ich hoffe wirklich ganz stark, dass das so bleiben wird."

Als die beiden Mädchen bei den Kaminskis ankamen, hatte die Mutter schon den Tisch zum Mittagessen gedeckt. Es gab Klaras Lieblingsspeise, Spaghetti Bolognese und als Nachtisch Schokoladeneis.

Etwas später brachte die Familie Klara zum Bahnhof und verabschiedete sich von ihr am Bahnsteig. Die beiden Mädchen umarmten sich. „Du musst mir unbedingt Bescheid sagen, wie deine Mitschüler morgen in der Schule auf die Sache mit Sibylle reagieren. Und sage bitte auch Giorgio liebe Grüße von mir. Da hast du wirklich Glück, dass er so ein netter Junge ist. Die meisten, die ich kenne, haben nämlich nur Fußball oder Computerspiele im Kopf. Das ist bestimmt die gute Mischung von seinen deutschen und italienischen Vorfahren."

Tecky nickte. „Ja, er ist wirklich nett. Aber, wie heißt das so schön, die Menschen können sich noch entwickeln? Im nächsten Jahr interessiert er sich vielleicht auch nur noch für Fußball und Autorennen und Jungenspiele. Das müssen wir erst einmal abwarten. Aber bis dahin kann er mir helfen, die Sibyllengruppe zu gründen. Es ist ja noch etwas Zeit."

Das Mädchen winkte dem abfahrenden Zug noch lange nach.

***

Giorgio hatte Tecky mit einer kurzen Nachricht Bescheid gegeben, dass er an diesem Sonntag bei einer seiner zahlreichen Tanten zu einer Geburtstagsfeier eingeladen sei.

Das Mädchen nutzte die Gelegenheit, ihr Zimmer noch ein wenig wohnlicher einzurichten, hängte mehrere Bilder auf und überlegte, wie sie die Mitschüler am anderen Morgen von der Notwendigkeit eines neuen Clubs überzeugen konnte.

In der Nacht hatte sie erneut einen merkwürdigen Traum, den sie am Frühstückstisch ihrer Mutter mitteilte.

„Ich habe wieder diese Sibylle gesehen. Dieses Mal kam sie in einem goldglänzenden Wagen. Überall um sie herum sah ich Licht wie einen hellen Feuerschein. Aber nicht sie hatte die wehenden Haare, wie in der Sage, sondern die Löwen, die ihren Wagen zogen. Ja, und ich habe es ganz deutlich gesehen: Sie hatten wehende Mähnen, wie Flammen aus Feuer."

„Hat sie auch wieder etwas gesagt?" erkundigte sich die Mutter.

„Ja, sie hat wieder zu mir gesprochen. Dieses Mal hielt sie ein Schatzkästchen in der Hand und lachte. „Du weißt nicht, was darin ist. Es ist genau das darin, was du dir wünschst." Und dann lachte sie noch viel mehr, und das Lachen hallte noch in meinen Ohren, als ich aufwachte."

Frau Kaminski lächelte. „Das hört sich doch sehr hübsch an, und ich glaube, du bist auf dem richtigen Weg. Ich denke, diese Aussage soll dir Mut machen und dir sagen, dass du schon alles schaffen wirst, wenn du dir etwas Gutes wünschst. Hast du dir schon Gedanken darüber gemacht, was in dem Kästchen sein könnte?"

„Natürlich denkt man zuerst immer an Goldschätze. Aber darüber haben wir schon gesprochen, wir sind nicht reich, wir haben keine materiellen Schätze zu verschenken. Also müssten es wohl unsere Wünsche sein, mit denen wir anderen eine Freude machen wollen. Ich bin schon gespannt, was meine Mitschüler heute in der Schule zu meinen Plänen sagen werden."

Wenige Stunden später hatte Tecky die Gelegenheit, das herauszufinden.

Nach dem Mathematikunterricht, den Herr Pfeiffer versuchte, möglichst interessant zu gestalten, wandte sich Tecky an ihre Mitschüler: „Hört mal gerade kurz zu, ihr Lieben! Wir haben neulich im Unterricht über die Sage der Sibylle gesprochen, und inzwischen war ich mit Giorgio und meiner Freundin Klara mehrmals in der Höhle, im Sibyllenloch. Dort sind wir dann auf die Idee gekommen, einen Club zu gründen, weil wir praktisch das Erbe dieser weisen Frau übernehmen möchten. Wir wollen gemeinsam Ideen finden, wie man Menschen helfen kann, Menschen, die um uns herum sind und Probleme haben. Weil wir uns erst einmal ein bisschen bekannt machen wollen, damit man sich auch an uns wendet, haben wir schon einmal Briefe herumgetragen mit aufmunternden Sprüchen, die vielleicht manchem Menschen gut tun. Wer will und Lust hat, da mitzumachen, kann sich bei mir melden. Wir sind für jede gute Idee dankbar und offen. Es muss allerdings in irgendeiner Weise zu Sibylle passen, so, als würde sie uns den Auftrag geben."

Cora lachte höhnisch. „Was soll denn das für ein Club werden? Diese Klara kennen wir überhaupt nicht, und Giorgio ist nicht einmal von hier. Er ist ein Italiener."

Anna, Oliver und Niklas klatschten ihr Beifall. „Genau, so ist es. Und du bist doch auch hier fremd. Willst du dich hier jetzt breitmachen?" fragte Niklas.

Tecky ließ sich nicht beirren. „Das ist doch Blödsinn! Wir werden jetzt hier wohnen, genauso wie ihr. Und was heißt es schon, Giorgio ist ein Italiener? Weißt du auch, dass hier überall früher die Römer waren? Und woher kamen die? Natürlich aus Italien. Aber hier überall sind die Völker hin- und hergewandert. Vielleicht bist du, Cora, ja eine Urenkelin vom Dschingis Khan."

Jetzt hatte Tecky die Lacher auf ihrer Seite.

„Pah!" machte Cora. „Das ist doch etwas für Babys. Hunde ausführen und für Frau Meier Kaffee einkaufen. Und ein paar Briefchen schreiben, was soll denn das mit Sibylle zu tun haben? Sie hat Goldschätze verteilt. Vielleicht nimmst du ja dein Taschengeld dazu."

Tecky gab nicht auf. „Wenn einer Geld hat, und es verteilt, bitteschön! Du bist dazu herzlich eingeladen. Aber viele Menschen haben auch andere Probleme, bei denen Geld nicht helfen kann. Wir wollen etwas von unserer Zeit abgeben, Zeit, in der viele Kinder einfach nur mit den Handys oder den Tablets herumspielen. Ich habe schon einige Träume in der Nacht gehabt, in denen mir die Sibylle einen guten Rat gegeben hat."

Cora lachte laut. „Hört euch nur die Spinnerin an! Jetzt fantasiert sie auch noch. Wir wissen doch alle, dass du dich hier nur wichtig machen willst. Das funktioniert hier nicht so. Wir sind hier alle ein eingespieltes Team mit einem guten Klassengeist. Und alles klappt bei uns, und wir sind zufrieden. Da brauchen wir niemanden, der hier alles besser wissen will und sich in den Vordergrund drängt."

Tecky lächelte. „Bei euch läuft es hier anscheinend etwas altmodisch. Du solltest dich einmal an der Politik orientieren, da gibt es ständig auch neue Wahlen und neue Chancen, besonders wenn die eingefahrenen alten Wege nicht mehr befahrbar sind. Deine ganzen Ansichten sind doch veraltet und verstaubt. Es hört sich sogar schon in meinen Ohren so an, als wärst du intolerant und möglicherweise sogar rassistisch. Es ist auch nicht nur geschmacklos, sich über einen kranken Jungen wie Carlo lustig zu machen, sondern auch dumm, denn du könntest auch jederzeit krank werden und Hilfe und Mitleid nötig haben. Da kann es dir nicht schaden, wenn du dir einmal eine andere Meinung anhörst und ein bisschen nachdenkst."

Jetzt klatschte die Hälfte der Klasse, die andere Hälfte sah etwas ängstlich zu Cora hin.

Anna erhob sich. „Ach, mach doch, was du willst, Teresa! Du wirst ja sehen, dass keiner in deinen dämlichen Kinderkram-Club kommen möchte. Wir feiern lieber stilvoll unsere Partys, da haben wir mehr davon."

„Ihr könnt es euch ja überlegen", fuhr Tecky fort. „Wer will, kann heute Nachmittag zu mir kommen und sich für den Club anmelden."

Cora erhob die Stimme. „Und wer will, kann heute Nachmittag zu einer kleinen Party zu uns kommen." Sie sah Tecky herausfordernd an. „Du wirst sehen, es kommt keiner zu dir. Bei uns gibt es wieder einmal Drinks und zum Essen, was ihr wollt. Unsere Köchin macht das schon. Vielleicht Hähnchenschenkel, oder Currywurst mit Pommes Frites."

Tecky blieb ruhig. „Natürlich könnt ihr bei mir auch etwas trinken. Ihr müsst nicht verdursten. Limo und Apfelschorle und Wasser zum Beispiel. Aber auch heiße Schokolade für Leckermäulchen. Ein bisschen Salzgebäck zum Knabbern oder ein paar Plätzchen tun es bestimmt auch. Bei uns gibt es nämlich später auch noch Abendessen. Dazu möchte ich mir lieber noch etwas Appetit aufheben. Aber darum geht es gar nicht. Essen und trinken und feiern, das können wir auch noch zu anderen Zeiten. Es geht jetzt um die Idee der Sibylle. Es ist nun schon so lange her, seit sie hier in dieser Gegend gewirkt hat. Da wird es jetzt wirklich Zeit, dass wir damit weitermachen. Wir wohnen hier, so nah bei der Sibyllenhöhle. Also werden wir dazu aufgefordert, etwas zu tun. Nicht etwa die Leute aus Stuttgart, Esslingen und Reutlingen. Nein wir, die wir hier so nah an der Burg Teck, so nah am Sibyllenloch wohnen."

Wieder klatschten einige Kinder, die sich mehr und mehr von dem Plan zu erwärmen schienen.

„Gut", Tecky beendete ihre Rede. „Wer will, kann heute Nachmittag zu mir kommen. Und wer heute keine Zeit hat, kann mir auch eine Nachricht schreiben. Es ist jetzt so viele Jahre nichts geschehen, dann müssen wir auch nichts überstürzen. Und denkt daran! Eure guten Ideen sind willkommen!"

Erneut klatschte die halbe Klasse, und in diesem Moment trat die Klassenlehrerin ein.

***

Nachdem sie die Kinder begrüßt hatte, fand sie wieder zum Thema des vorgelesenen Gedichts zurück und erbat sich die Aufmerksamkeit der Schüler.

„Ich möchte euch noch einmal einen kleinen Ausschnitt aus einem Aufsatz vorlesen. Chantal hat ihn geschrieben und folgende Gedanken gehabt: „Als ich klein war, wohnten wir in Frankfurt in einem Viertel mit vielen Hochhäusern. In unserem Haus gab es ganz viele Familien mit Eltern, die zu viel Alkohol tranken und sich wenig um ihre Kinder kümmerten. Da kamen oft die Polizei und das Jugendamt, um nach dem Rechten zu schauen.

Bei uns zu Hause war das anders, wir gehörten zu den normalen Leuten, bei denen alles geregelt läuft. Es ging soweit alles gut, bis ich eines Tages in der Schule oder bei Freunden meine Adresse angeben musste. Sobald ich sie gesagt hatte, wurde ich schief angeguckt oder gemieden. Das hat mir sehr viel ausgemacht. Wir waren doch ordentliche Leute, wurden aber mit den Alkoholikern in einen Topf gesteckt und verachtet, weil wir mit ihnen gemeinsam in einem Haus wohnten. Diese Zeit war sehr schrecklich für mich, und ich war sehr froh, als meine Eltern bald darauf eine andere Wohnung fanden, und zwar in einem besseren Wohnviertel. Aber von diesem Augenblick an habe ich gedacht, wie leicht man verachtet werden kann, auch wenn gar kein triftiger Grund besteht. Wie leicht gehen Menschen nach Klischees und verurteilen, ohne vorher genau hinzusehen. Weil ich damals gemerkt habe, wie schlimm das ist, bin ich heute sehr vorsichtig mit meinem Urteil. Denn hier kann man wirklich sagen: „Was du nicht willst, das man dir tu, das füg auch keinem anderen zu!"" Soweit der Ausschnitt aus diesem interessanten Aufsatz. Vielleicht ist es euch auch schon einmal so ähnlich passiert, und all diese kleinen Geschichten zeigen uns, wie viel in diesem winzigen Gedicht von Eugen Roth steckt. Ich werde euch in den nächsten Tagen noch das eine oder andere aus diesen Aufsätzen vorlesen. Ich lade euch ein, darüber nachzudenken! Für heute machen wir wieder einmal Schluss damit und beginnen mit der Lektüre des „Wilhelm Tell"."

Tecky freute sich insgeheim. Frau Biermann hatte ihr aus der Seele gesprochen und machte zusätzlich gleichzeitig auch noch Werbung für die guten Taten der Sibylle.

Vielleicht konnte das den einen oder anderen Mitschüler noch überzeugen, dem Sibyllen-Club beizutreten.

Die restlichen Schulstunden verliefen ohne nennenswerte Ereignisse.

Der Club um Cora, das Kleeblatt, trennte sich demonstrativ in den Pausen von den anderen Mitschülern und tuschelte geheimnisvoll.

„Was mochten sie nur im Sinn haben?" überlegte Tecky. „Ob sie wohl vorhatten, ihr zu schaden oder sie an der Durchführung ihrer Pläne zu hindern?

Auch nach der Schule eilten Cora, Anna Niklas und Oliver gemeinsam davon, ohne noch einmal mit jemand anderem außerhalb des Kleeblatts gesprochen zu haben.

Nachdenklich ging Tecky nach Hause, wo sie bereits von der Mutter erwartet wurde.

„Wie war es?" erkundigte sich Frau Kaminski interessiert. „Konntest du jemanden für eure Sache gewinnen?"

„Ich muss alles erst einmal abwarten. Bisher sah es so aus, als hätten einige Mitschüler Interesse. Einige waren auf meiner Seite, die anderen wagten es nicht, sich gegen Cora und ihre Freunde zu stellen. Aber ich bin ganz zuversichtlich, denn auch Frau

Biermann ist auf meiner Seite und versucht frischen Wind in die Klasse zu bringen. Ich kann gar nicht verstehen, wie es möglich ist, dass sie alle immer dieser Cora hinterhergelaufen sind, obwohl sie doch ganz klar ersichtlich unmöglich und gemein ist."

Die Mutter seufzte. „Ja, das ist oft so. Und das ist auch schon vielen Völkern im Bereich der Politik zum Verhängnis geworden. Da muss sich nur einer gut präsentieren können und Stärke zeigen, dann laufen ihm oft die Anhänger nach und glauben ihm alles. Die Menschen sind schon ein komisches Völkchen. Zum Glück haben wir im Moment hier eine Demokratie, da können diese schlimmen Zustände nicht so schnell eintreten. Dann wurde es in dieser Klasse wirklich Zeit, dass die Sibylle jemanden wachgerufen hat."

Tecky erzählte ihrer Mutter beim Mittagessen, dass sie auf einige Gäste am Nachmittag hoffte, und da ein warmes Sonnenwetter nach draußen lockte, brachte sie etwas später Getränke und verschiedene Gebäcksorten auf die Terrasse.

Die Hausaufgaben hatte sie schnell erledigt und wartete gespannt auf den ersehnten Besuch.

Bald hatte sie Nachrichten von fünf Mitschülern, die sich grundsätzlich bereit erklärten, dem Club beizutreten, die aber am heutigen Nachmittag verhindert waren. Ab halb Vier läutete dann die Türglocke mehrere Male hintereinander, und es kamen Wicki, Sebastian, Lea, Jörg und Michaela, um sich an diesem Nachmittag über die Gründung einer Gruppe Gedanken zu machen.

Als es erneut läutete, öffnete die Mutter die Tür und brachte zum Erstaunen aller Anwesenden Cora mit, die sich in ein mittelalterliches Kostüm gehüllt hatte. Das lange, rotfarbige Seidenkleid raschelte, als sie näher kam. Mit einem süßen Lächeln begrüßte sie die übrigen Kinder. „Bei der Gründung des Sybillen-Clubs darf ich doch nicht fehlen, schließlich heiße ich mit vollem Namen Cora Sibylle Wiese. Ich habe mich entschlossen, bei euch die Sibylle zu spielen und diese Gruppe zu repräsentieren. Wir werden sicherlich auch noch eine Theater-Aufführung planen, damit wir bekannt werden und für morgen Abend habe ich eine Kutsche mit vier Pferden bestellt, damit wir einen Umzug durch den Ort machen können. Ich habe schon meinen Onkel gebeten, die Erlaubnis dafür einzuholen."

Frau Kaminski und die Kinder sahen Cora sprachlos an, Tecky fand zuerst wieder zu Worten. „Das finde ich aber schön, dass du mitmachen willst. Du hast sicher viele gute Ideen und auch einige Möglichkeiten, dich einzubringen."

Insgeheim zweifelte sie an Coras ehrlichen Absichten. Wollte das Mädchen vielleicht nur informiert sein, um gegebenenfalls stören zu können? Wollte sie alles in eine andere Richtung lenken? Oder konnte sie es nur nicht ertragen, einmal nicht die Hauptperson zu sein? Oder woher kam der plötzliche Gedankenumschwung? Sicherlich hatte sie mit ihren Freunden irgendetwas ausgeheckt, was letztendlich den Club stören würde. Aber wie könnte man das herausfinden? Tecky beschloss, erst einmal gute Miene zum bösen Spiel zu machen und versorgte die Anwesenden mit Getränken und Knabbereien.

Währenddessen schrieb Michaela, eine sympathische Mitschülerin alle Ideen auf einen Block, die den anwesenden Mitschülern für den zukünftigen Club einfielen. Als sie sich am frühen Abend trennten, waren noch einige gute Ideen hinzugekommen. Ein Vorlesen für Senioren, kleine Musikkonzerte am Nachmittag oder am Abend oder private musikalische Darbietungen bei kränklichen Personen und Senioren. Der Einkaufsservice stand ganz oben an auf der Liste, und Sebastian bot seine Hilfe im Computerbereich an.

Cora blieb bis zuletzt, und Tecky war sich immer noch nicht im Klaren darüber, ob sie ihrer Mitschülerin nun trauen sollte oder nicht.

„Das nächste Mal können wir uns auch in unserem Haus treffen", schlug Cora vor. Und Anna, Oliver und Niklas werden auch mitmachen, das haben wir schon besprochen. Dann können wir ja bald loslegen."

Plötzlich hatte Tecky eine Idee. „Es soll doch alles im Namen dieser Sibylle sein. Dann müssen wir auch ihre Meinung respektieren. Ich denke, wir beide müssen gemeinsam herausfinden, ob sie mit unserem Handeln einverstanden ist. Wollen wir uns morgen Nachmittag gemeinsam in der Höhle treffen und Sibylle rufen?"

„Wir könnten uns auch nachts dort treffen", schlug Cora vor.

Tecky schüttelte den Kopf. „Nein, diese Sibylle ist keine Hexe, die nachts herumspukt. Sie ist ein sonniges Wesen, das Licht und Feuer liebt. Die Sonne muss noch hoch am Himmel stehen, so mag sie es. Und wir werden sie rufen und auf eine Antwort warten. Bist du damit einverstanden?"

Cora druckste ein wenig herum. „Also gut! Nur du und ich, morgen Nachmittag am Sibyllenloch. Abgemacht! Wir haben morgen sowieso die letzten beiden Stunden frei, da können wir gleich um 14 Uhr unser Date festmachen."

Sie hielt ihr die flache Hand entgegen und Tecky schlug ein.

***

Etwas später meldete sich Klara am Telefon. „Ich muss dir etwas ganz Wichtiges erzählen, Tecky. Es ist unglaublich, Sibylle hat schon das erste Wunder bewirkt. Ich habe meinen Eltern gestern Abend noch die Sprüche gegeben, und da sind sie sehr nachdenklich geworden. Ich hatte mit beiden abwechselnd ein sehr gutes Gespräch, und sie haben mir viel erklärt. Sie glauben, dass sie damals zu jung waren, als sie sich das „Ja-Wort" gegeben haben. Da hätten sie sich dann auch voneinander ein falsches Bild gemacht. Und später seien sie dann aufgewacht und hätten bemerkt, dass sie sich getäuscht haben. Komisch, wie das mit den Menschen ist, sehr kompliziert! Ich habe da auch manche Dinge verstanden, aber auf eines konnten sie mir keine Antwort geben. Ich habe sie nämlich gefragt, ob sich ihre Liebe abgenutzt hat oder was plötzlich mit ihnen los ist? Das hat ihnen natürlich zu denken gegeben, aber sie meinten nur, sie hätten wohl auch ihre Gefühle zueinander falsch eingeschätzt. Und mir gaben sie den Rat, erst einen Partner zu suchen, wenn ich wirklich weiß, was und wen ich will. Was sagst du dazu?"

„Es ist vermutlich schon einmal gut, dass ihr wieder miteinander redet. Dann kann man wahrscheinlich doch noch später einige Fragen beantworten. Aber das mit der Liebe scheint wirklich sehr kompliziert zu sein. Ich glaube aber, nicht nur junge Leute machen da Fehler. Ich habe auch schon von Menschen jeden Alters gehört, die Liebeskummer hatten und enttäuscht waren. Ich frage mich wirklich, wie es mit Sibylle gewesen ist? Und da muss ich dir auch noch meinen Traum von heute Nacht erzählen."

Sie berichtete der Freundin von ihrem nächtlichen Erlebnis, und Klara staunte. „Sibylle scheint dir wirklich eine ganze Menge mitzuteilen. Natürlich werden viele sagen, das hast du einfach nur geträumt, aber ich glaube das nicht. Es steckt zu viel Wahres in dem, was sie dir sagt. So etwas kann man nicht einfach nur im Traum fantasieren."

Tecky berichtete von allem, was in der Schule vorgefallen war und erzählte vom Besuch der Mitschüler am Nachmittag.

„Pass bloß auf Cora auf!" warnte Klara. „Ich traue ihr nicht. Wahrscheinlich hat sie irgendetwas Böses vor. Gehe nicht vor ihr her, wenn ihr die Stufen hinunterklettert.

Möglicherweise will sie dich noch in die Tiefe stoßen."

„Das kann ich mir nicht vorstellen. So kriminell wird sie doch auch nicht sein. Aber natürlich hast du Recht, bei Cora muss man schon damit rechnen, dass sie irgendetwas Hinterhältiges im Schilde führt."

Die Freundinnen diskutierten noch eine Weile über Coras Verhalten, bis es bei Tecky an der Haustür klingelte und Frau Kaminski nach ihrer Tochter rief. „Du hast Besuch, Tecky. Giorgio ist da. Er wartet unten auf dich."

Klara verabschiedete sich. „Bis dann, Süße. Du musst mir morgen unbedingt am Abend Bescheid geben, damit ich weiß, dass dir nichts passiert ist. Und ich bin natürlich auch selber neugierig, ob und wie sich Sibylle morgen meldet. Und natürlich will ich auch wissen, wie das mit der Kutschfahrt weitergeht, und ob Cora dann einige Anhänger hat, die ihr bei dem Umzug folgen. Das ist alles so spannend! Schade, dass ich nicht dabei sein kann. Aber du musst mir alles ganz haarklein erzählen!"

Tecky versprach es ihrer Freundin und beendete das Gespräch. Eilig hüpfte sie die Treppe hinunter und begrüßte Giorgio.

Der Junge strahlte. „Es ist wirklich ein Wunder geschehen. Meine Mutter war heute bei Untersuchungen, und der Arzt hat ihr mitgeteilt, dass nun erst einmal der Krebs besiegt ist. Natürlich muss sie weiter Medikamente nehmen und ganz oft zur Kontrolle gehen, aber im Augenblick ist sie frei von dieser Krankheit. Ist das nicht fantastisch?"

Das Mädchen freute sich. „Das kann ich wirklich kaum glauben. Das ist aber eine gute Nachricht! Übrigens hat mir Klara eben auch mitgeteilt, dass sie sich etwas mit ihren Eltern verständigen konnte. Es ändert zwar nichts daran, dass sie sich trennen, aber immerhin versuchen sie jetzt, mit ihrer Tochter zu reden und ihr zu erklären, warum sie so handeln. Sie war ja wirklich schockiert gewesen, da mussten sich ihre Eltern nicht wundern, dass sie davongelaufen ist. Sie hat ihnen übrigens auch direkt die Sprüche gegeben, und danach sind sie wohl auch etwas nachdenklich geworden. Ich denke, wir werden das so weitermachen. Diese Sprüche werden ein Hauptanteil für unsere zukünftige Arbeit des Clubs werden. Das scheint vielen Menschen gut zu tun. Manchmal muss man eben durch solche überraschenden Nachrichten aufgeweckt werden."

Sie erzählte ihm vom gegenwärtigen Stand des Sibyllen-Clubs und berichtete von Coras Besuch und der Verabredung an der Höhle.

Er sah sie fragend an „Soll ich nicht lieber mitkommen?"

„Nein, ich passe schon auf mich auf. Auch Klara hat mich schon vor Cora gewarnt. Ich hoffe nur wirklich, dass sich Sibylle dann wieder meldet. Wir brauchen unbedingt ihre Hilfe."

Giorgio überlegte. „Ich habe da eine Idee. Wir könnten da ein bisschen Schicksal spielen, nicht zu viel, aber so gerade etwas."

Tecky riss die Augen auf. „Wie meinst du das? Was hast du vor?"

„Wir müssen etwas auf einen Zettel schreiben. In alter deutscher Schrift. Irgendetwas, das für Cora wichtig ist und sie zum Nachdenken bringen kann. Vielleicht auch irgendeinen Spruch. Und diesen Zettel lässt du dann heimlich in der Höhle fallen, so, dass sie ihn finden muss."

„Aber was soll da drauf stehen? Was könnte sie interessieren und was könnte sie zum Nachdenken bringen? Sie ist doch so oberflächlich und hat so viele Vorurteile."

„Ich kann mir denken, dass sie selbst große Probleme hat. Wahrscheinlich sogar mit ihren Eltern. Ich habe mal gehört, dass die sich gar nicht um ihre Tochter kümmern. Ja, schon mit Geld und Geschenken, aber nicht wirklich, so, wie das nette Eltern tun. Ich glaube nicht, dass sie glücklich ist. Wahrscheinlich hat sie viel Frust, und lässt den einfach so an anderen ab. Sie will dann stark sein und andere von oben herab behandeln, gewissermaßen als Rache."

Tecky atmete tief. „Du meinst also, es geht ihr nicht gut?! Und ihre ganze Stärke ist nur gespielt? Sie will sich nur großtun, weil sich zu Hause niemand um sie kümmert, sie sich dort klein und unbeachtet und einsam fühlt?"

„Genau das meine ich. Und deswegen müssen wir uns etwas ausdenken, wovon sie sich angesprochen fühlt."

Die beiden Kinder überlegten eine ganze Weile und suchten Sprüche aus vielen Quellen, konnten sich aber auf keinen einigen.

„Vielleicht solltest du Sibylle fragen", schlug Giorgio vor. „Vielleicht wird sie dir heute Nacht im Traum etwas sagen."

Tecky schüttelte den Kopf. „Nein. Wir können nicht immer den Geist dieser Frau fragen. Wir können sie nicht wegen jeder Kleinigkeit stören. Wir müssen anfangen, uns selbst etwas auszudenken. Nur dann handeln wir wirklich in ihrem Sinn." Nach einem Augenblick der Stille fuhr sie fort. „Was hältst du davon? Wir schreiben ihr auf den Zettel: „Du bist unglücklich! Aber es ist nicht zu spät. Wenn du dich änderst und alle deine Mitmenschen wichtig nimmst, wirst du auch wahre Freunde finden."

„Das hört sich gut an", fand der Junge. „Schreib es ganz schnell auf einen Zettel, und ich gehe damit sofort zu meiner Oma. Die kann nämlich noch die alte deutsche Schrift und hat auch sicherlich noch ein älteres Stück Papier. Dann falten wir es zusammen und du lässt es ganz unbemerkt beim Hereintreten in die Höhle fallen."

„Ja, das ist gut. Aber woran soll Cora dann erkennen, dass es für sie ist und nicht für mich?"

„Das ist ein guter Einwand. Wir müssen darauf schreiben: „für Sibylle". Denn im Augenblick fühlt sie sich doch als Sibylle mit ihrem tollen altmodischen Seidenkleid. Ihr Name darauf wäre zu auffällig, dann weiß sie gleich, dass es einer von uns geschrieben hat."

Tecky nickte. „Gut! So werden wir es versuchen."

Sie schrieb die Sätze auf ein Blatt und reichte es dem Jungen. Er steckte das Papier in seine Hosentasche und verabschiedete sich. „Vielleicht schaffe ich es heute Abend noch, es dir schnell vorbei zu bringen. Ich weiß nicht, wie schnell meine Oma ist, und ob sie gerade Zeit hat, aber ich denke schon. Für mich hat sie eigentlich immer Zeit."

Eilig lief er davon.

Tatsächlich nahm sich die Großmutter Zeit für ihren Enkel und schrieb ihm die gewünschten Sätze mit schwarzer Tusche in alter deutscher Schrift auf ein vergilbtes Papier.

Gleich darauf eilte der Junge zu Tecky und freute sich, dass ihr Vorhaben so glatt ging.

Ihre Augen leuchteten. „Ich werde dich morgen auf dem Laufenden halten", versprach das Mädchen beim Abschied.

***

Der Vormittag in der Schule verlief ohne nennenswerte Begebenheiten. Tecky nahm mit Interesse am Kunstunterricht, an den Mathematik- und Sportstunden teil. Bei Frau Biermann hatten sie an diesem Tag keinen Unterricht, und so hatte das Mädchen auch keine Gelegenheit, weitere Gedanken über das Gedicht von Eugen Roth zu hören. Aber diese Zeilen kamen ihr immer wieder in den Kopf, und sie war sich sicher, dass die Lehrerin mit diesem Thema ebenfalls bezweckte, in den Köpfen der Kinder etwas Lehrreiches und Gutes zu bewirken.

Zwischendurch beobachtete Tecky Cora, die während des Unterrichts und in den Pausen viel mit ihren Freunden vom Kleeblatt tuschelte und sich mit ihnen von den anderen absonderte. Das Mädchen schloss daraus, dass Cora irgendetwas im Schilde führte, und wahrscheinlich nichts Gutes. Was mochte sie noch vorhaben? Ob sie wirklich alleine zum verabredeten Ort kam, wie versprochen? Ob die vier Mitschüler ihr eine Falle stellen wollten? Und wenn ja, sollte sie vielleicht doch lieber Giorgio mitnehmen oder ihrer Mutter etwas davon sagen?

Sie überlegte eine ganze Weile, entschloss sich aber am Ende doch, am Nachmittag allein in die Höhle zu gehen.

Dennoch schien die Mutter später etwas zu ahnen. „Du musst nicht mit dem Bus fahren, ich bringe dich mit dem Auto zur Burg Teck, und dort warte ich dann auf dich, bis du von deinem Date wieder zurückkommst. Wenn wir etwas mehr Zeit gehabt hätten, wäre ich auch mit dir hinaufgewandert. Es ist ein herrlicher Spaziergang da durch den Wald, der in solch einem sommerlichen Grün leuchtet. Das können wir aber einmal in den Herbstferien nachholen. Habt ihr etwas Besonderes dort vor, du und Cora?"

„Es geht wieder einmal um Sibylle. Wir wollen sie suchen und hören, ob sie sich meldet. Vielleicht kommt wieder ein Windstoß, so wie neulich. Cora möchte gerne eine Bestätigung dafür haben, dass sie die Gruppenleitung übernehmen kann. Ich denke einmal, sie kann es nicht ertragen, wenn sie nicht an erster Stelle steht."

„Das ist traurig", fand auch die Mutter. „Das wird sie im Leben noch lernen müssen, sonst bekommt sie manche Schwierigkeit. Sie hatte nicht diese Idee, deswegen müsste sie in diesem Fall auch zurückstehen."

„Sie meint, den Anspruch zu haben, weil ihr zweiter Name Sibylle ist. Ich weiß nicht, vielleicht stimmt es auch gar nicht. Ich habe ihren Personalausweis nicht gesehen. Aber es heißen sicherlich noch viele andere Mädchen Sibylle, ohne dass man sie mit der Zauberfee von der Burg Teck in Zusammenhang bringen kann."

„Glaubst du, dass sie sich von einem Zeichen abschrecken lässt, Tecky? Wenn sie so eitel ist, wird sie bestimmt nichts akzeptieren, was nicht ganz eindeutig ist."

„Ich lass mich überraschen", antwortete das Mädchen und setzte sich neben die Mutter ins Auto.

Heute zeigte sich die Sonne mit sommerlicher Stärke, und der blaue Himmel leuchtete festlich und voller Zuversicht. Frau Kaminski lenkte den Wagen sicher über die kleine Straße bis hinauf zu der stattlichen Burganlage.

„Ich werde inzwischen einen Kaffee trinken", teilte die Mutter ihrer Tochter mit.

„Hast du dein Handy mit dabei?"

„Ja, aber ich habe es auf „stumm" geschaltet, damit wir nicht gestört werden. Solche technischen Sachen machen sich nicht gut bei mittelalterlichen Recherchen."

Vor dem Burgturm trennten sie sich, und Frau Kaminski wünschte ihrer Tochter viel Erfolg. „Ich drücke dir die Daumen, Kleines!"

„Danke!" rief Tecky und eilte vergnügt davon. Erwartungsvoll stieg sie die Stufen zum Sibyllenloch hinunter.

Am Eingang der Höhle blieb sie kurz stehen, horchte erst einmal und wartete, ob sich von irgendwo jemand näherte, aber alles blieb still, und so schritt sie in die Höhle hinein. Ganz in der Ecke entdeckte sie eine weibliche Person in dem langen roten Kleid, das Cora am Nachmittag zuvor getragen hatte. Im gedämpften Licht sah die Person wie eine mittelalterliche Prinzessin aus. Über dem Gesicht trug sie eine venezianische Maske.

„Bist du es, Cora?" erkundigte sich Tecky vorsichtig.

„Ich bin die Sibylle", antwortete das Mädchen mit Coras Stimme. „Und jetzt wollen wir herausfinden, wer die Nachfolgerin der guten Sibylle werden soll."
Unauffällig ließ Tecky den zusammengefalteten Zettel fallen und bemerkte zufrieden, dass er genau vor Coras Füßen landete.

„Ich werde jetzt die Sibylle etwas fragen", verkündete Cora. „Sie soll die Entscheidung bringen."

„Gut, damit bin ich einverstanden", stimmte ihr Tecky zu.

„Gute Sibylle, gib uns ein freundliches Zeichen, wenn Teresa Kaminski deine Nachfolgerin und Oberhaupt dieser Gruppe werden soll. Ist das dein Wille, dann sag uns ein freundliches Ja mit einem lichten Zeichen!"

In diesem Augenblick tönte ein dumpfes Grollen, lauter Donner schallte im Inneren der Höhle.

Einen Augenblick lang hatte sich Tecky erschrecken lassen, aber dann wusste sie, dass dies ein künstlich herbeigeführtes Geräusch war.

„Zeig mal, was du unter deinem Kleid verbirgst! Da hast du bestimmt ein Handy mit einem Gewitter oder ein anderes Gerät mit diesen Geräuschen."

„Habe ich nicht", behauptete Cora.

„Ich lasse mich von dir nicht auf den Arm nehmen", entgegnete Tecky. „Hol sofort dieses Gerät unter deinem Kleid hervor!"

„Was bildest du dir denn ein?!" zischte Cora.

„Das ist die Sibylle, und die hat uns jetzt ein

Zeichen gegeben, dass sie mit dir als Vorstand der Gruppe nicht einverstanden ist."

In diesem Moment lief Tecky auf die Gegenspielerin zu und wollte sie berühren, um nach dem Tonbandgerät zu suchen. Aber genau in diesem Augenblick fiel Coras Handy aus dem Kleid heraus zu Boden.

Mit einem lauten, krachenden Geräusch sprang es entzwei, und im selben Moment verstummte der mächtige Donner.

Tecky hob die Augenbrauen. „Du wolltest mich betrügen", stellte sie fest. „Das hätte ich nicht von dir gedacht. Ich dachte, dass wir mit fairen Methoden kämpfen."

Cora bückte sich, um die einzelnen Teile des Handys aufzuheben und entdeckte den zusammengefalteten Zettel, den sie sofort aufklappte und zu lesen versuchte.

„Das ist irgendeine alte Schrift. Ich kann sie nicht wirklich entziffern. Ich glaube, es ist die alte deutsche Schrift. Wie kommt das denn hierhin? Hast du das geschrieben?"

„Ich kann in dieser Schrift nicht schreiben", antwortete Tecky wahrheitsgemäß. „Und das habe ich auch nicht geschrieben, das kann ich dir schwören."

In diesem Moment fegte ein Windstoß ein paar Blätter hinein und schob sie vor die Füße des Mädchens. „Der Wind ist auf meiner Seite", behauptete Tecky. „Das ist die Antwort der Sibylle. Am besten gehen wir hinauf zu meiner Mutter, sie kann bestimmt diese alte Schrift lesen. Und das mit dem Gewitter hat sich jetzt wohl erledigt."

Cora stimmte zu. „Gut. Gehen wir hinauf. Aber noch ist nichts entschieden."

Tecky ließ die Mitschülerin vorangehen, und da geschah es plötzlich: Cora verfing sich mit den Füßen in dem langen Kleid, stolperte und fiel hin.

Mit einem lauten „Au" blieb sie auf dem Boden liegen.

„Wo hast du dir wehgetan?" erkundigte sich Tecky besorgt.

Cora hob den Rock und zeigte ein aufgeschrammtes Knie und deutete auf ihren linken Fuß. „Der ist bestimmt gebrochen", stöhnte sie.

„Ich werde sofort meine Mutter anrufen", schlug Tecky vor, aber Cora wehrte ab. „Ach Quatsch! Ich werde versuchen, da hinaufzuhumpeln."

„Ich helfe dir!" bot ihr Tecky an.

„Das kann ich auch allein", behauptete Cora.

Es zeigte sich, dass sie nicht allein laufen konnte, und so gestattete sie es der Mitschülerin, nach einigem Jammern, sie beim Hinaufgehen zu stützen.

Als die Mutter die beiden Mädchen herankommen sah, stand sie auf und ging ihnen entgegen.

Sie ließ sich die Geschichte erzählen und begleitete die Kinder zum Auto.

„Jetzt fahren wir zuerst einmal zu einem Arzt", beschloss sie und setzte ihr Vorhaben umgehend in die Tat um.

Die junge Patientin hatte Glück. Die Sprechstunde wurde gerade geöffnet, und man ließ Cora mit ihrer Verletzung sofort zum Arzt in das Behandlungszimmer.

Glücklicherweise stellte sich heraus, dass der Fuß nicht gebrochen, sondern nur verstaucht war. Die Wunde wurde desinfiziert und das Mädchen erhielt eine Auffrischung der Tetanus-Impfung.

„Und jetzt essen wir ein Eis beim Italiener", schlug die Mutter vor. Tecky und Cora stimmten zu und ließen sich von Frau Kaminski zu einem Spaghetti-Eis einladen.

Dort trafen sie einige Mitschüler, die sich dort einen Milchshake gönnten.

Überrascht schauten sie Tecky, deren Mutter und Cora an und grüßten lautstark.

„Was guckt ihr denn so blöd?!" rief ihnen Cora zu. „Hier darf doch schließlich jeder sitzen und Eis essen. Außerdem hatte ich gerade einen Unfall und musste versorgt und betreut werden."

Nach dem Eis erinnerte sich Cora an den Zettel, nahm ihn aus ihrer Kleidtasche und legte ihn Frau Kaminski hin. „Können Sie vielleicht die alte Schrift lesen? Wir haben nämlich etwas in der Höhle gefunden."

Teckys Mutter sah auf das Blatt Papier und las laut: „Du bist unglücklich! Aber es ist nicht zu spät. Wenn du dich änderst und alle deine Mitmenschen wichtig nimmst, wirst du auch wahre Freunde finden."

Cora hob die Augenbrauen. „Für wen soll das denn sein?"

Frau Kaminski untersuchte den Zettel und las den Namen „Sibylle". „Das ist für eine Sibylle. Tecky hat mir doch erzählt, dass dein zweiter Name „Sibylle" ist. Dann bist du wohl damit gemeint."

„Das passt aber nicht auf mich", fand Cora. „Ich habe doch Freunde. Und warum soll ich unglücklich sein."

„Bist du denn glücklich?" fragte Frau Kaminski.

„Im Moment nicht. Aber jetzt habe ich auch Schmerzen. Dann ist das ja auch kein Wunder", sagte sie weinerlich.

„Sollen wir deine Eltern anrufen, damit sie dich abholen können und dich ein bisschen trösten?" fragte Teckys Mutter.

„Die sind gar nicht da. Die machen gerade Urlaub auf den Kanaren. Bei uns sind nur das Hausmädchen und die Köchin."

„Willst du denn deine Eltern anrufen?" erkundigte sich Frau Kaminski.

„Pah!" machte Cora. „Die kommen doch nicht nach Hause, wenn ich mir den Fuß verstauche. Das kann ich mir abschminken. Da muss ich schon den Kopf unterm Arm tragen."

„Wenn du magst, kannst du auch mit zu uns kommen!" schlug Frau Kaminski dem Mädchen vor.

Cora zögerte. „Wenn ich das tue, werde ich unglaubwürdig. Dann werden mich meine Freunde auslachen, Anna und Oliver und Niklas. Ich habe gesagt, dass ich gegen alle den Kampf aufnehme, die mich nicht als Sibylle akzeptieren. Sie würden mich nicht mehr ernst nehmen."

„Und da behauptest du, dass du glücklich bist und gute Freunde hast?!" erinnerte sie Teckys Mutter an die Sätze auf dem Zettel. „Wenn sie wirklich deine guten Freunde sind, dann werden sie es akzeptieren, dass du auch mit Tecky zusammen bist und sie ebenfalls ernst nimmst. Wenn sie dich auslachen, sind sie nicht deine Freunde."

Cora murrte. „Es hat sowieso alles keinen Zweck. Es bringt sowieso nur etwas, wenn wir alle zusammenhalten und ein Team sind. Giorgio und Tecky scheinen die guten Ideen zu haben, und ich kann vielleicht sogar durch meine Eltern etwas Geld dazusteuern. Warum soll es nicht eigentlich zwei Mädchen geben, die die Sibylle spielen?! Früher, da gab es die alte, die eine Sibylle. Aber heute haben wir eine ganz andere Zeit. Schließlich können moderne Sachen auch besser sein als früher. Was hältst du davon, Tecky?"

***

Bevor Tecky eine Antwort geben konnte, schoben sich drei Kinder in den Eissalon hinein, sie entdeckten Anna, Niklas und Oliver, die zielstrebig auf Cora lossteuerten.

„Hallo", sagte Cora etwas verlegen. „Soll ich euch zu einem Eis einladen?"

Anna ergriff das Wort. „Wie ist es gelaufen? Du sitzt hier mit der Neuen und löffelst Eis? Hast du sie eingeladen, damit sie ihre Niederlage besser verkraften kann?"

„Es hat sich etwas ereignet, das uns zwingt, etwas zu verändern", begann Cora umständlich. „Sibylle hat sich tatsächlich gezeigt, aber sie hat uns deutlich gemacht, dass sie nicht eine Person allein als Nachfolgerin haben möchte. Dafür hat sie mir sogar mein Handy zerschmettert, und so werden wir in Zukunft diese Gruppe gemeinsam führen."

Oliver hob die Augenbrauen. „Was heißt das: gemeinsam?"

„Wir werden alle gemeinsam in der Gruppe arbeiten und unsere Ideen einbringen, und ganz oben an der Spitze stehen Teresa und ich. Wir übernehmen sozusagen die Verantwortung für alles."

„Das haben wir aber nicht so geplant", wandte Niklas ärgerlich ein. „Du bist hier die Sibylle. Schließlich heißt du auch so mit Beinamen und wohnst hier schon mit deinen Eltern seit Ewigkeiten. Das ist hier schließlich deine Heimat, und die Burg Teck gehört zu uns. Was ist denn bloß los mit dir? Es war doch alles so besprochen."

Cora räusperte sich. „Wir haben ganz klare Zeichen von Sibylle bekommen. Übrigens bin ich hingefallen und habe mich verletzt. Teresas Mutter hat mich zum Arzt gefahren, und wir haben uns jetzt ein bisschen erholt von unseren Schrecken. Ich werde nachher mit Teresa gemeinsam in der Kutsche sitzen. Dazu habe ich mich jetzt entschlossen. Mit zwei Frauen an der Spitze sind wir doch gut beraten!"

Anna schüttelte den Kopf. „Nein! Damit sind wir nicht einverstanden. Da hast du bestimmt das Zeichen dieser Sibylle falsch verstanden. Es soll hier alles so bleiben, wie es war, und wir brauchen keine Änderungen. Bisher warst du doch immer der Boss."

„Bei dieser Gruppe brauchen wir keinen Boss, nur Menschen mit guten Ideen, und das sind wir doch alle, oder?" antwortete Cora.

Oliver schüttelte energisch den Kopf. „Nein. Das ist keine Lösung. Entweder fährst du nachher allein mit der Kutsche, und wir stehen alle an der Straße und jubeln dir zu, oder wir trennen uns von dir und machen unsere eigenen Sachen. Schließlich haben wir schon in alle Haushalte Flugblätter verteilt. Die Anwohner dieser Straße hier werden auf dem Gehsteig stehen und dir zujubeln, dir, als Sibylle, als mildtätige Frau. Du und deine Eltern, ihr habt euch immer sehr spendabel gezeigt, und etwas für den Ort getan. Glaubst du vielleicht, man würde für eine Weinkönigin ein Mädchen aus einer Bierbrauerei nehmen? Das ist wirklich nicht stilecht."

„Du musst dich wirklich entscheiden!" forderte auch Anna die Freundin auf. „Wie gesagt, entweder, du fährst nachher allein in der Kutsche, oder wir sind weg. Du kannst es dir noch überlegen. Du hast noch genau eine Stunde Zeit." Mit diesen Worten wandte sie sich ab und spazierte mit stolz hoch erhobenem Kopf zur Tür hinaus, die beiden Jungen folgten ihr ohne ein weiteres Wort.

Tecky seufzte. „Es macht mir nichts aus, Cora, wenn du die Sibylle sein möchtest. Ich möchte nicht, dass du meinetwegen deine Freunde verlierst. Du kannst gern in der Kutsche durch die Straße fahren. Mit diesem hübschen Kleid bist du wirklich eine Augenweide."

„Es ist schmutzig geworden und hat sogar ein kleines Loch am Knie. Man sieht es nur nicht, weil das Kleid so weit ist und zu viele Falten hat. Und mein Fuß tut auch ganz gemein weh. Im Moment fühle ich mich nicht wie diese gütige Sibylle, sondern finde alles ganz grässlich."

Frau Kaminski sah auf die leeren Eisbecher. „Wenn bei euch keiner zu Hause ist, kannst du gern erst einmal mit zu uns kommen. Magst du, Cora? Mit dem Auto ist es nur ein paar Meter weit, da musst du nicht laufen."

Das Mädchen seufzte. „Ja, ich komme mit. Was soll ich denn allein zu Hause. Und von meinen Freunden bin ich auch enttäuscht. Schließlich können sie mir nicht einfach so die Pistole auf die Brust setzen. Und mein Handy ist auch kaputt. Ich hoffe nur, dass keine Fotos verloren gegangen sind."

„Ich habe noch ein altes Handy zu Hause", berichtete Frau Kaminski. „Ich kann es dir solange geben, bist du dir ein neues, vernünftiges Handy angeschafft hast. Deine SIM-Karte kannst du dann wenigstens schon einmal dort einlegen und nachprüfen, ob etwas verloren gegangen ist."

Cora nickte. „Danke! Das hilft mir dann schon einmal weiter." Sie stand langsam auf und ließ sich von Frau Kaminski und Tecky zum Auto führen.

***

Als Cora etwas später mit dem Handy der Frau Kaminski nachschaute, ob die SIM-Karte noch in Ordnung war, stellte sie freudig fest, dass nichts verloren gegangen war.

Sie atmete auf. „Da habe ich dann doch Glück gehabt. Wenigstens da habe ich keinen Schaden. Ich hoffe, dass man das Kleid wieder flicken kann. Eigentlich muss ich mir um Kleider keine Sorgen machen, meine Eltern haben genug Geld, um mir ein neues zu kaufen. Aber das hat mir meine Tante zum letzten Fasching genäht, und mittlerweile hat sie Rheuma in den Fingern und kann überhaupt nicht mehr handarbeiten."

„Vielleicht gibt uns Sibylle die Idee zu einer guten Arzt-Adresse für deine Tante", überlegte Tecky. „Aber jetzt müssen wir dich ein bisschen zurecht machen. In wenigen Minuten wird dich die Kutsche abholen."

„Ich will aber, dass du mitfährst!" bestimmte Cora. „Ich möchte es so. Deine Mutter hat nämlich Recht, wenn sich Anna und die beiden Jungen nicht ein bisschen besinnen, sondern weiter stur bleiben, dann sind sie auch keine richtigen Freunde. Man muss sich eben entscheiden. Früher wollte ich immer so sein wie die Söhne von Sibylle, sie erschienen mir immer so stark. Niemand konnte ihnen etwas anhaben, sie ließen sich einfach nicht verletzen. So wollte ich auch sein. Aber auf der anderen Seite wollte ich auch so sein wie die Sibylle, so wunderschön und im hellen Glanz und geliebt von allen Menschen. Will das nicht eigentlich auch jeder?"

Tecky überlegte. „Ich glaube auch, dass die meisten Menschen geliebt werden wollen. Aber manche wollen auch nur bewundert oder gefürchtet werden, auf jeden Fall brauchen sie Aufmerksamkeit. Du bist wirklich ein nettes Mädchen, und hast es nicht nötig, dir wie Sibylles Söhne durch Gehässigkeit die Aufmerksamkeit zu holen. So, wie ich dich jetzt kennengelernt habe, bist du in Ordnung und kannst eine würdige Sibylle sein."

Cora lächelte. „Dann sei du aber auch nicht so stur. Ich will das alles nicht alleine machen, und ich brauche deine Hilfe. Schließlich hattest du auch die ganze Idee. Und von nun an werde ich dich auch Tecky nennen, denn der Name passt zu dir. Zieh dir auch ein festliches Kleid an, oder soll ich dir etwas leihen?"

Tecky seufzte. „Gut, du Nervensäge! Wenn du unbedingt willst, dass ich mit dir fahre, dann mache ich das auch. Es macht nämlich Spaß, in einer Kutsche zu fahren. Aber ich werde kein Festkleid anziehen. Du spielst eben die Sibylle der Vergangenheit, des Mittelalters im feierlichen Kleid, und ich bin die moderne Sibylle von heute in ganz normaler Kleidung. Das ist dann ein bisschen symbolisch. Damit zeigen wir, dass wir die alten und die neuen Probleme angehen wollen. Einverstanden?"

„Also gut! Dann machen wir das so. Ich bin auch froh, dass wir mit der Kutsche fahren, dann kann ich meinen Fuß etwas hochlegen."

Die Mutter brachte Eis herein, um Coras Fuß zu kühlen. „Das kannst du auch mit in die

Kutsche nehmen. Unter dem Kleid sieht man es ja nicht."

Die beiden Mädchen machten sich mithilfe der Mutter etwas zurecht und warteten dann auf die Kutsche, die kurz darauf vor dem Haus hielt.

Mit einem kurzen Blick auf die Straße sahen die Kinder, dass sich dort am Straßenrand schon einige Anwohner versammelt hatten und erwartungsvoll in ihre Richtung blickten.

Vor dem Gartentor nebenan stand Giorgio mit Carlo und winkte ihnen zu. „Viel Glück!" rief er fröhlich.

Nachdem Frau Kaminski und der Kutscher Cora in die Kutsche gehoben und Tecky neben der Mitschülerin Platz genommen hatte, wandte sich die Verletzte an Giorgio. „Nun macht schon, ihr beiden! Wir wollen doch jetzt allen zeigen, dass wir multikulturell denken, so wie sich Tecky das für den Club vorgestellt hat. Dann brauchen wir doch auch unbedingt einen Italiener."

Giorgio grinste. „Hoffentlich zählt das, ich bin nämlich in Deutschland geboren. Aber für mich spielt das sowieso keine Rolle. Wir fühlen uns einfach als Europäer, oder noch besser, als Weltbürger. Die Menschen sind doch überall gleich. In jedem Land gibt es nette Leute oder weniger nette. Hab ich nicht Recht?"

Cora lachte. „Nun steigt schon ein! Ihr müsst mir unbedingt helfen, die Blumen zu werfen, die hier in dem großen Karton liegen. Das schaffe ich nicht allein. Wir wollen doch allen zeigen, dass wir jetzt etwas Farbe in unser Städtchen bringen."

„Wohin fahren wir denn?" fragte Carlo, nachdem er mit seinem Bruder in die Kutsche eingestiegen war.

„Wir fahren bis zur Schule. Dorthin haben wir auch unsere Lehrer eingeladen, hoffentlich kommen ein paar von ihnen", teilte ihnen Cora mit.

„Wollt ihr auch eine Rede halten?" erkundigte sich Giorgio bei den beiden Mädchen.

„Ich habe nichts vorbereitet. Willst du etwas sagen? Es müssen ja nur ein paar Worte sein. Wir wollen uns nur als neue Gruppe vorstellen."

„Das kriegen wir gemeinsam schon hin", meinte er zuversichtlich.

Der Kutscher lenkte den Pferdewagen an den winkenden Menschen vorbei bis hin zur

Schule, an der sich tatsächlich einige Lehrer eingefunden hatten.

Dort angekommen, erhob sich Giorgio und begrüßte die Anwesenden. „Wir freuen uns, dass ihr unserer Einladung gefolgt seid. Wir möchten uns heute hier vorstellen als eine neue Gruppe von Jugendlichen, die ab heute gute Ideen in die Tat umsetzen möchte. Gute Ideen, die anderen Menschen helfen sollen, und das alles im Andenken an die Sibylle von der Burg Teck. Von euch können wir auch jede Aufmerksamkeit und jede Hilfe gebrauchen, damit wir große Erfolge haben werden. Das war es schon, und einen schönen Tag noch euch allen!"

Die Zuschauer klatschten und Frau Biermann, die sich hinter ihren Kollegen aufgehalten hatte, trat an die Kutsche und nickte anerkennend. „Schön, dass ihr es geschafft habt, auch ohne meine weitere Hilfe. Ich freue mich für euch."

„Danke!" sagte Tecky. „Wir werden weitermachen."

Nachdem die Kinder noch einige Fragen beantwortet hatten, gab Cora das Zeichen zum Aufbruch. „Mein Fuß tut jetzt doch etwas weh. Ich möchte jetzt wieder nach Hause. Oder nein, lieber zu euch, Tecky."

„Willst du nicht deine Eltern anrufen? Vielleicht kommen sie ja doch eher nach Hause?" erkundigte sich das Mädchen.

„Ich schicke ihnen mal eine Nachricht. Aber ich schreibe gleich dazu, dass ich bei euch gut aufgehoben bin. Ich kann doch bei dir bleiben, oder?"

„Na klar, wenn du das magst. Aber was ist mit Anna und deinen Freunden? Ich habe sie hier nirgends gesehen."

„Die werden sich schon irgendwie wieder einkriegen. Und wenn nicht, ist es auch nicht schlimm. Vielleicht brauchst du jetzt auch noch eine neue Freundin dazu. Denn die andere, die du erwähnt hast, die wohnt doch nicht hier, oder?"

Sie schickte eine Nachricht an ihre Eltern.

„Ja, das ist Klara, sie wohnt in Hamburg. Und ich werde sie jetzt nicht mehr so oft sehen. Aber in den Herbstferien wird sie wiederkommen, und ich werde sie auch als Freundin nicht verlieren, wir werden den Kontakt schon halten. Trotzdem, wenn wir beide uns jetzt besser verstehen, soll es mir recht sein."

Auf der Rückfahrt winkten am Straßenrand w i e d e r e t l i c h e M e n s c h e n d e r vorbeifahrenden Kutsche zu.

Ein Summen ins Coras Handy zeigte an, dass eine Nachricht gekommen war. Die Eltern hatten ihr geschrieben, und das Mädchen las den Insassen der Kutsche vor: „Gute Besserung Cora! Wenn etwas Schlimmes ist, dann gib uns bitte Bescheid! Ansonsten lass es dir gut gehen, so gut wie möglich. Und Kopf hoch! Liebe Grüße, Mama!"

„Sie werden nicht kommen?" wunderte sich Tecky.

„Nein. Das habe ich dir doch gesagt. Wegen einem verstauchten Fuß brechen sie nicht den Urlaub ab. Macht nichts! Bei euch ist es auch gemütlich."

Carlo meldete sich zu Wort. „Das finde ich auch. Die Tecky ist wirklich riesig nett. Meine Mutter hat auch gesagt, wir haben Glück, dass wir jetzt so nette Nachbarn haben."

Cora lachte. „Na, da hast du aber auch Recht."

„Aber du bist vielleicht auch ganz nett, wenn man dich kennenlernt", fügte Carlo schnell hinzu.

Jetzt stimmten auch Giorgio und Tecky in Coras Lachen mit ein. Fröhlich winkten sie den Zuschauern auf den Gehsteigen zu und ließen sich etwas später von dem Kutscher vor dem Haus der Kaminski beim Aussteigen helfen.

„Sie können jetzt wieder zurückfahren!" bat Cora den Mann auf dem Kutschbock. „Ich werde jetzt hierbleiben."

Frau Kaminski öffnete den Kindern die Tür und bat alle vier, hereinzukommen. „Ihr kommt gerade richtig. Frau Bianchi hat vor ein paar Minuten für alle Pizza gebracht. Die mögt ihr doch, oder?"

Sie nickten und machten es sich im Esszimmer bequem. Teckys Mutter schob Cora einen Stuhl unter das Bein und brachte frisches Eis zum Kühlen.

„Das kriegen wir schon wieder hin", meinte sie tröstend. „Morgen ist es bestimmt nicht mehr so schlimm."

Als Giorgio und Carlo später gegangen waren, geleitete die Mutter die beiden Mädchen zum Sofa, damit es sich Cora dort bequem machen konnte.

„Das war ein harter Tag für euch", fand sie. „Möchtet ihr jetzt etwas entspannen? Mit einem schönen Film vielleicht?"

Cora nickte. „Ja, ein schöner Märchenfilm aus dem Mittelalter. Dann werde ich von meinen Schmerzen abgelenkt."

Später, als die Mutter aus dem Zimmer gegangen war, fragte Tecky leise: „Tut es dir wirklich nicht leid, dass deine Freunde nicht dabei waren?"

Cora schüttelte den Kopf. „Nein!" sagte sie bestimmt. „Ich habe sie immer so reich beschenkt. Sie hatten so viele Vorteile durch mich, aber wenn sie mich jetzt so schnell hängen lassen, dann können sie nicht mehr mit mir rechnen. Und wenn sie irgendwann w i e d e r k o m m e n , w e r d e i c h g e n a u nachprüfen, ob es wirklich meinetwegen ist."

Etwas später klingelte es an der Tür. Wenige Augenblicke später begleitete Frau Kaminski Anna, Oliver und Niklas herein. Das Mädchen reichte Cora eine riesige Pralinenschachtel. „Wir dachten, das wäre jetzt etwas für dich", fügte Oliver hinzu. „Wir haben nämlich gehört, dass es dir gar nicht gut geht."

Cora zog die Stirn in Falten, man sah ihr an, dass sich ihre Gedanken in düsteren Regionen bewegten.

Tecky stupste die neue Freundin an. „He! Sibylle! Gib ihnen eine Chance! Die hat doch jeder verdient."

Cora atmete tief, nahm die Pralinenschachtel an, öffnete sie und reichte sie den drei Ankömmlingen. „Hier haben wir zwar keine Friedenspfeife, aber ich ernenne diese Leckereien hier zu Friedenspralinen. Hat irgendjemand etwas dagegen einzuwenden?"
Tecky meldete sich zu Wort. „Ja, ich."
Alle Augen richteten sich auf das Mädchen.
„Was denn?" erkundigte sich Cora erstaunt.
Tecky lächelte. „Ich nehme keine Praline mit Nuss, dagegen bin ich nämlich allergisch. Und dann habe ich auch wieder eine neue Idee. Wir müssen uns unbedingt ein kleines Café aussuchen, eine Konditorei, die auch Pralinen herstellt. Denn dann lassen wir kleine Abbildungen von der Burg Teck machen, und natürlich auch eine neue Sorte von Pralinen, die Sybillen- Pralinen."

ENDE